FVA

Amanda Lasker-Berlin in der Frankfurter Verlagsanstalt:

ELIJAS LIED, Roman
IVA ATMET, Roman
SPES HEISST HOFFNUNG, Roman

Amanda Lasker-Berlin

Spes heißt Hoffnung

Roman

FRANKFURTER VERLAGSANSTALT

für N.

AUFBRECHEN

NACHT

1

Das Feld ist braun, die Erde nackt. Zwischen den Erdklumpen ist nichts, außer Steinen, die haben sich beim Rennen an Pauls Sohle festgeklammert. Er hält inne, für einen Moment. Um das Feld herum zieht sich ein dünner Streifen aus Gräsern. Der ist stachlig und ohne Blüten. Gleich hinter dem Streifen beginnt das nächste Feld. Das ist genauso abgeerntet und kahl. Bis zum Horizont drücken sich die Felder als Kästchen aneinander. Sie sind von Furchen durchzogen. Nirgendwo wachsen Bäume, nirgendwo schläft ein Dorf. Es ist Herbst, die Luft rau. Pauls Atem kondensiert weiß und steigt auf. Sein Körper ist heiß vom Rennen, seine Seiten stechen.
In der ganzen Landschaft ist niemand. Nur er.
Die Straße, von der er gekommen ist, kann Paul nicht mehr sehen. Das silberfarbene Auto ist weit weg. Die Schlüssel hat er beim Rennen hochgeworfen. Vielleicht sind sie auf diesem Feld gelandet, vielleicht auf dem davor. Alles sieht gleich aus und über ihm ist nichts, außer der blanke Himmel. Der erste Nachtfrost lauert auf dem Feld. Paul fröstelt von außen und glüht innen. Spürt, wie sein Herz wieder anfängt zu rasen. Paul

späht nach links und nach rechts. Nach hinten. In die Richtung, aus der er gekommen ist. Vielleicht ist da doch jemand, der ihn sieht. Paul muss weg. Runter von den Feldern. Runter von der freien Fläche. Irgendwo dahin, wo niemand ihn entdecken kann.

Er jagt über das Braun, sackt ein. Das Feld ist feucht vom Regen der letzten Nacht. Paul muss die Füße beim Laufen hochreißen. Er keucht. Muss leise keuchen, niemand darf es hören, niemand darf hören, dass da jemand atmet auf dem Feld. Paul stellt sich vor, dass auf einem der Hochsitze jemand kauert. Jemand, der sonst auf Rehe schießt. Jemand, der weiß, dass Rehe über freie Felder springen. Der sie angefüttert hat, damit sie nah an den Hochsitz kommen. Der abdrückt, als gerade der Kopf gesenkt wird. Und dann zum Tier geht, es anfasst. Spürt: Es ist noch warm und noch nicht ganz tot. Deshalb schießt er noch mal. Direkt in die Schläfe.

Rennend lässt Paul seine Hand an den Hals schnellen. Er tastet ihn ab. Da ist kein Blut, keine Verletzung. Da ist nur Haut. Gesunde, heile Haut. Sie ist ein bisschen uneben. Von den ersten Bartstoppeln, die er nicht wegrasiert hat am Morgen. Schweißperlen hängen darin. Paul wischt sie weg. Rennt weiter. Irgendwo muss er doch kommen, der Wald.

2

Mirjam streicht mit der Hand über Achuras Haar. Es ist weich, lockig. Im Nachttischlampenlicht wirkt es dunkelbraun und nicht schwarz. Mirjam saugt den Geruch ein. Achura-Haar, denkt sie und legt ihre Wange näher an die Achuras. Achura schläft tief. Vorsichtig fährt Mirjam mit der Hand über Achuras Gesicht. Über die geschlossenen Lider, die Nase, die Lippen. Die Haut ist trocken und bröckelig. Achuras Wimpern sind verklebt. Mirjam überlegt, wie sie aussehen wird, wenn sie später aufwacht. In einigen Stunden. Wie sie dann noch müde mit der Hand das Bett abtastet, die Augen öffnet und merkt: Mirjam ist nicht mehr da.
Mirjam windet sich aus der Decke. Im Schlafzimmer ist es kühl. Sie schleicht zum Fenster. Es ist gekippt, lässt eisige Luft und das Wummern der Straße hinein. Vorsichtig schließt Mirjam es, zieht den Vorhang zu. Achura soll nicht gestört werden von den Lichtern der Stadt. Mirjam sucht ihre Kleidung zusammen. Die abgetragene Jeans, das graue Oberteil mit dem Rundhalsausschnitt. Beim Anziehen muss sie ihren Kopf da durchzwängen. Mirjam tappt ins Bad, schaut sich an im Spiegel. Sie ist blass. Hat Ringe unter den Augen. Sieht nicht aus, als wäre sie bereit, denkt sie kurz. Sie putzt die Zähne, scheuert Achuras Geschmack aus ihrem Mund. Bürstet das Haar, bindet es zusammen. Jetzt sieht sie hart aus, findet sie. Wie eine, der nichts passieren kann.

Im Spiegelschrank liegt Mirjams Schmuck neben der Handcreme. Das goldene Armband mit dem grünen Stein, der silberne Ring. Den hat ihr ihre Mutter nach der Scheidung geschenkt. Die Ohrringe mit den Perlen, die sie eigentlich verschenken wollte, aber dann doch behalten hat. Sie sind so schön. Mirjam räumt den Schmuck in das Holzkästchen mit den Haarklammern und schließt es. Dann muss Achura den Schmuck nicht jeden Tag sehen. Mirjam wird keine Spur hinterlassen in der Wohnung. Ihre Kleidung hat sie in Kartons verstaut und in die Abstellkammer gebracht. Im Flur steht ihr Koffer direkt neben der Tür. Sie muss ihn nur hochnehmen, die Tür hinter sich schließen, und dann ist sie weg.

Für eine Weile lässt Mirjam sich auf den Badewannenrand sinken. Sie beerdigt ihr Gesicht in den Händen. Verdunkelt mit den Fingern die Augen. Aber die können es nicht ganz dunkel machen, die können die Bilder nicht aufhalten. Die Bilder, die vor ihren Augen aufblitzen: ein Flugzeug von innen, der staubige Boden einer Stadt, ihre Füße, die darüber laufen, Hitze, die am Abend durch die Gassen fegt.

Mirjam rappelt sich hoch, wäscht ihr Gesicht mit warmem Wasser, verlässt das Bad, die Wohnung, das Haus. Steht im Lärm der Straße. Springt in die U-Bahn. Sieht nichts, außer den Tunnel, durch den die Bahn rast. Steigt aus am Flughafen. Irgendwo muss Bela sein.

3

Das Fenster in Spes' Zimmer ist geschlossen. Spes drückt ihre Nase an die Scheibe. Ihr Atem hinterlässt einen Abdruck. Eigentlich sollte Spes schon schlafen, aber sie ist wach und sitzt aufrecht im Bett. Sie will sich das festfrierende Gras ansehen. Wie der Tau auf den Gräsern zu glänzen beginnt. Wie vielleicht sogar Schnee darüber fällt und die stoppelige Wiese ein weiches Feld wird. Im Garten ist es dunkel. Spes kann die Halme nur sehen, wenn eine Katze vorbeiläuft und den Bewegungsmelder auslöst. Die Halme leuchten im kalten Licht. Spes blinzelt und fängt das Bild ein. Spes' Augen sind eine Fotokamera. Mit der Hand streicht Spes einmal von der Stirn bis zur Nase. Das ist ihr Speichervorgang. Das macht, dass das Bild jetzt archiviert ist, für immer.

Spes' Arme sind eingepackt. In weiße Binden. Darunter saugt ihre Haut hungrig Creme auf. Die Haut wird nicht satt, auch nicht, als die Creme schon weg ist. Die Haut brennt, damit Spes merkt: Die Haut will mehr. Die Haut will auch an den Binden nagen. Aber die sind zäh. Spes will die Binden abreißen. Das geht nicht. Das darf sie nicht. Das kann sie nicht. Ihre Hände sind auch eingewickelt, sie sind zwei große Fäuste, von denen nur die Daumen abstehen. Wie soll sie damit den Anfang vom Verband finden? Der Haut ist das egal. Die Haut will an die Luft. Eigentlich weiß Spes: Wenn die Haut draußen ist, wird es noch schlimmer. Weil sie dann gar keine Ruhe mehr gibt. Und die Hände nicht aufhören können, den restlichen Körper zu kratzen. Und wenn die Hände kratzen, blutet es und alles tut weh. Wenn die Haut an der Luft ist, muss man sie sofort ersticken mit Creme. Sonst gibt es nur Hautgeschrei.

Der rechte Daumen fummelt an dem Verband der linken Faust. Er schabt, gräbt und hört nicht auf. Spes hat den Anfang gefunden. Die rechte Faust wickelt die linke aus. Das ist das, was Spes wollte. Sie schaut die Haut an. Erkennt nicht viel im Dunkeln. Nur, dass das Rot nachts grau aussieht. Die Haut wird immer grau unter dem Verband, weil das Rotleuchten sich nicht lohnt.

Die Creme steht nicht an Spes' Bett, sondern auf der anderen Seite des Zimmers im Regal mit den Verbänden und Medikamenten. Da kommt Spes nicht dran. Da darf sie auch nicht dran. Sie darf auch gar nicht alleine aus dem Bett. Wenn sie zur Toilette muss, klingelt sie. Jetzt kann sie nicht mehr zur Toilette müssen, weil der Verband ab ist. Das gibt Ärger.

Die Haut zischt. Die Haut will nass sein. Die Haut will aufsaugen. Spes hat nichts außer etwas Spucke im Mund. Brennen. Immer heftigeres Brennen. Früher, als Spes kleiner war, hat sie gedacht, sie stamme von Feuervögeln ab. Die verbrennen einfach so, wenn sie keine Lust mehr haben auf sich selbst. Jetzt denkt Spes das nicht mehr. Jetzt nimmt Spes ihre Zunge. Und fährt über den Arm. Vielleicht reicht der Haut das ja. Wenigstens kurz.

4

Paul stolpert und fällt. Er liegt auf der braunen Erde. Schlamm haftet an seinen Händen. So etwas hat er lange nicht mehr gefühlt. Es ist dunkel. Nirgendwo leuchtet eine Laterne. Sein Handy hat den Geist aufgegeben. Es liegt nutzlos in seiner Hosentasche. Paul richtet sich auf und schmiert den Schlamm an seinen Oberschenkeln ab. Bemerkt, dass seine Handflächen aufgerissen sind. Der Dreck brennt in den Wunden. Irgendwo muss er ein Taschentuch haben. Paul durchsucht seine Jacke, er findet nur ein benutztes. Er entscheidet, die Hände brennen zu lassen, und stapft weiter. Diesmal langsamer, vorsichtiger. Nicht, dass er wieder einen Graben zwischen den Feldern übersieht. Wieder stürzt, sich wieder aufraffen muss. Pauls Beine fühlen sich schwer an. Im Handgelenk zieht es. Vielleicht ist es verstaucht, denkt er und umklammert es mit der anderen Hand. Das stabilisiert. Der Mond ist nicht zu sehen. Auch keine Sterne. Paul hat gedacht, der Himmel über dem Nichts wäre mit Sternen nur so übersät. Aber er ist noch zu nah an der Stadt. Die strahlt sogar bis hierher. Die Landschaft liegt in Blautönen übereinander. Sie ist aus Kälte zusammengesetzt. Alles friert, nur der Schlamm nicht.

Paul denkt an den Morgen. An den, der kommen wird. An sein Gesicht, das ab Sonnenaufgang überall sein wird. Und sein abgedruckter Name in voller Länge. Nicht nur ein Kürzel aus drei Buchstaben wie sonst

unter seinen Artikeln. In jeder Zeitung werden Fotos von ihm sein, wie er frontal in die Kamera schaut. Mit neutralem, kühlem Blick. Damit alle denken können: Oh Mann, der sieht schon so gestört aus.
Vielleicht entscheiden sie sich auch für sein Bewerbungsfoto. Da sitzt er halb schräg, in Anzug und mit weißem Hemd auf einem Hocker und lacht. Lacht nur mit den Lippen, nicht mit den Augen. Er sieht nett aus. Sieht aus, wie alle auf einem Bewerbungsfoto aussehen: sympathisch normiert.
Paul überlegt, wann er das letzte Mal auf Feldern unterwegs war. Wann er das letzte Mal nachts nicht wusste, wohin mit sich. Paul fällt nichts ein. Nur diese eine Nacht taucht wieder auf. Diese eine Nacht, in der er mit dieser einen Frau durch die bunt beleuchteten Straßen zieht. Sie ist angespannt und versucht nicht mal, es zu verbergen. Sie spricht nicht viel. Braucht, bis sie anfängt aufzutauen. Mit dem grauen Hosenanzug sticht sie in dieser Gegend heraus. Es war ihre Idee, hierherzukommen, und er weiß nicht, warum. Weiß nicht so recht, warum sie mit ihm den Abend verbringen will. Sie, die mit so vielen anderen hier sein könnte. Weil sie eben eine ist, die alle mögen, ohne, dass sie etwas dafür tun muss. So wie Mirjam. Nur ganz anders.
Vielleicht findet sie ihn auf eine lächerliche Art unterhaltsam. Zumindest lacht sie auf, als ihm die gebratenen Nudeln auf die Hose gleiten. Sie isst geschickt mit Stäbchen. Er lächelt unsicher, holt sich eine Gabel

von der Theke. Versucht ab und an, ihr in die Augen zu schauen. Sie lässt ihn nicht. Weil sie enttäuscht ist von ihm. Weil sie dachte, privat wäre er ganz anders. Vielleicht besonders lustig oder charmant, oder er würde über Politik diskutieren. Aber er macht nichts, außer gebratene Nudeln zu essen, und das auch noch schlecht. Er versucht ein Gespräch, aber mit Menschen, die er nicht gut kennt, gelingen sie nie. Die Frau ist erst seit einigen Wochen seine Kollegin und in allem so souverän. Fast beiläufig hat sie ihn auf dem Flur gefragt, ob sie mal was machen wollen, nach Feierabend.
Jetzt fragt sie ihn ein bisschen nach seiner Kindheit. Und er erzählt, wie immer, von der Kneipe seiner Mutter und den alten Kerlen, die dort Dart gespielt haben. Erzählt, wie er als Grundschulkind die Pfeile manipuliert hat, wenn einer der Kerle einen dummen Spruch über seine Mutter gemacht hat.
Sie lacht. Sagt, dass sie aufgewachsen ist in diesem Viertel. Dass dieser Imbiss mal ihren Eltern gehört hat, vor langer Zeit. Dass sie deshalb gelegentlich hier herkommt.
Er fotografiert sie, wie sie verträumt in das Aquarium schaut. Fotografiert, wie sich ihr Gesicht in der Scheibe spiegelt. Sie sagt, sie will nicht, dass er ein Foto von ihr hat. Und er sagt: »In Ordnung«. Und fotografiert sie nur noch heimlich. Von hinten, wie sie durch die Straßen geht, die Hände in den Manteltaschen vergraben. Und so gar nicht in das Viertel passt. So gar nicht in den Ort. Sie muss es hier hassen, denkt Paul. Dass sie

hier gerne aufgewachsen ist, glaubt er ihr nicht. Kurz will er seine Hand aus der Manteltasche ziehen und sie über ihre stülpen. Aber dann würde sie »Lass das!« brüllen. Und ihn anfunkeln mit ihren Augen. Und er würde nichts sagen können außer: »Entschuldigung.« Und sich wünschen, er hätte es gar nicht versucht mit der Hand. Nicht bei ihr, sie hat so etwas Heiliges. Oder Berührungen sind für sie etwas Heiliges. Oder vielleicht sind sie auch für ihn heiliger als für sie. Wer weiß. Sie geht weiter in den engen Gassen mit den Schaufenstern voller Vibratoren und den Drogenabhängigen auf dem Bürgersteig und er läuft hinterher und weiß: Sie ist enttäuscht von ihm. Sie wird ihn nicht wiedersehen wollen. Weil er zu langweilig ist für sie und zu ruhig. Weil man mit ihm nicht mal über Politik reden kann, weil er immer, wenn sie eine steile These formuliert, murmelt: »Ich bin mir wirklich unsicher, was das angeht.«

Die Gassen winden sich so, dass sie perfekt darin verschwinden kann. Einfach so. Einfach, wie durch Zufall. Sie ist weg und wird sich nicht mehr melden. Wird ihm nur noch zunicken auf dem Flur und wenn sie jemand fragt, wie er eigentlich privat so ist, sagt sie: »Ich glaube, bei dem gibt es kein privat.«

Dann zuckt sie die Achseln, sieht ihn irgendwann auf der Bühne stehen, bei dieser Gala, und denkt dann: Wie absurd, dass es diesen Abend gab.

5

Achura tut so, als würde sie das Zuziehen der Tür nicht hören. Sie lauscht, wie Mirjams Schritte im Treppenhaus leiser werden. Dann ist es still. Nur das Kühlschranksurren ist zu hören. Sie zieht die Decke über ihren Kopf. Ihr Atem sammelt sich darunter. Unter der Decke ist es warm, doch die Müdigkeit lässt Achura frieren. Sie schaut auf die Uhr. Es sind noch einige Stunden bis zum Morgen. Einige Stunden, bis alles losgehen wird. Bis in ihrem E-Mail-Fach sekündlich neue Nachrichten aufblitzen und ihr Handy dauerhaft vibrieren wird, bis sie stammelnd Worte zusammensuchen muss, um sich bei der Vorsitzenden zu erklären. Bis das Internet überquillt mit Bildern und Memes von ihr. Bis dieses Video viral geht und alle sehen, wie Achura auf dem Klappstuhl auf der Bühne sitzt. Und das sagt.

Sie hat es wirklich gesagt. Zumindest hat sie es gedacht, beim Sprechen. Und was man beim Sprechen denkt, sagt man, oder nicht? Achura dreht sich um, auf die andere Seite. Jetzt liegt sie mit dem Gesicht zur Wand. Sie schiebt die Decke von Mund und Nase. So kann sie freier atmen. Sie starrt auf das gestrichene Weiß, das wirkt grau im Dunkeln. Achura hat es wirklich gesagt. Und für einen kurzen Moment glaubt sie: Damit hatte ich recht.

TAG

I

Das Tageslicht flimmert über der Startbahn. Ein Schwarm Vögel sitzt auf der Wiese neben dem Rollfeld. Mirjam weiß: Manchmal geraten Vogelschwärme in die Triebwerke und sterben in Scharen. Bleibt sitzen, Vögel. Bis wir abgeflogen sind, denkt sie.
Mirjam schaut rüber zu Bela. Der tippt die letzte Nachricht vor dem Abflug. An seine Frau vielleicht, oder an die Redaktion. Bela riecht nach herbem Deo. Nach Aftershave, nach ein bisschen zu viel Parfüm. Mirjam schmunzelt. Vor jeder Reise parfümiert Bela sich vor. Als würde der Geruch dann länger halten. Die ganzen Wochen, die sie nicht da sein werden. Ihr Gepäck liegt im Flugzeugbauch. Nur die Kamera hat Bela mit ins Handgepäck genommen und sie unter dem Sitz verstaut. Der Flugbegleiter geht durch die Reihen, kontrolliert die Gurte. Dann rollt das Flugzeug, beschleunigt auf der Bahn und hebt ab. Auf Mirjams Ohren liegt Druck. Sie schluckt, kaut, schluckt. Das gleicht ihn aus.

2

Paul wacht auf dem Metallsitz einer Bushaltestelle auf. Sein Hals brennt, er hat Durst. Vielleicht auch Hunger. Es ist hell geworden. Trüb, aber hell und so, als wäre der Himmel bereit für einen Schwall Regen. Pauls Füße sind eisig. Er bewegt sie, um sie aufzutauen. Will aufstehen, bleibt aber sitzen. Nicht, dass er umknickt. Im Tageslicht schaut er auf seine Hände. Er hat Schürfwunden in beiden Handflächen. In der rechten Hand hat sich schon Kruste gebildet. In ihr sind die Kratzer weniger tief als in der linken. Da hat es zwar aufgehört zu bluten, aber die Haut ist offen. In der Jackentasche sucht Paul nach seiner Brille und findet sie gleich. Er hat nur Brille, Geldbeutel und das funktionslose Handy dabei. Und den Haustürschlüssel zu seiner Wohnung. Ob er den noch einmal benutzen wird? Paul glaubt nicht. Setzt die Brille auf und späht auf den Fahrplan. Er hat keine Ahnung, wie spät es ist. Erkennt, dass jede Stunde ein Bus kommen soll. Aber erst ab acht. Paul überlegt, ob er warten soll. Ob es vielleicht erst sechs Uhr ist oder vielleicht schon kurz vor oder kurz nach acht. Mag sein, dass der erste Bus an ihm vorbeigerauscht ist, als er geschlafen hat. Paul weiß nicht viel über den Morgen. Weiß nicht, wann die Sonne aufgeht, in diesem Monat. Normalerweise ist er so früh noch nicht wach. Normalerweise liegt er um diese Zeit im Bett. In dem warmen Wasserbett. Das strahlt von unten Hitze ab. Neben ihm schläft der Hund. Erst wollte Paul nicht, dass er mit ins Bett kommt. Dann hat er sich dran gewöhnt. An die nasse Schnauze neben ihm. An das Hundeschnarchen. Und nach ein paar Wochen konnte Paul ohne den warmen Hundekörper neben sich nicht mehr einschlafen. Jetzt ist der Hund alleine in der Wohnung. Vielleicht hätte Paul ihn doch mitnehmen können, vielleicht wäre es gegangen, vielleicht hätte er nicht direkt ins Auto springen und davonrasen müssen, sondern es geschafft, noch einmal in die Wohnung zu kommen, den Hund an die Leine zu nehmen, damit der mitkommt. Gemeinsam mit dem Hund wäre das Verschwinden vielleicht leichter, denkt Paul. Aber der Hund ist nicht da. Er will nicht an ihn denken, sich nicht vorstellen, wie er schon alles vollgepinkelt hat, wie er auf Paul wartet und jault. So lange, bis die in den angrenzenden Wohnungen die Polizei rufen. In dem Neubau in der Innenstadt sind die Leute geräuschempfindlich.

Alle werden denken: Paul ist tot. Werden denken: Paul hat sich umgebracht. Sie werden sein Auto finden am Straßenrand. Dann werden sie zu dem See gehen. An dem hat Paul seinen Pullover am Ufer liegen lassen. Und ein Paar Schuhe. Taucher werden kommen. Ihn nicht aufspüren können. Irgendwann wird es ihnen egal sein. In der Wohnung entdeckt niemand einen Abschiedsbrief. In der Wohnung ist nur der einsame Hund.

Alle werden sagen: Hätte ich an seiner Stelle auch gemacht. Das ist das Beste für ihn. Der wird doch seines Lebens nicht mehr froh.

Jemand wird einen Artikel über ihn schreiben. Darin wird stehen: Dass seine Leiche noch nicht gefunden wurde, verwundert nicht. Er hat noch nie Spuren hinterlassen. Warum sollte er beim Sterben damit anfangen?

Darunter drucken sie sein Bewerbungsbild. Das, auf dem er lacht. Für Tote nimmt man nettere Bilder. Weil man mit ihnen mehr Mitleid hat als mit den Lebenden.

In Pauls Füßen schmerzt die Kälte. Er hätte diese Schuhe am Seeufer stehen lassen sollen und nicht die gefütterten für den Winter.

Paul weiß noch, wie er mit diesem Jugendlichen an einem ähnlichen See sitzt und der Jugendliche versucht, nicht vor Paul zu weinen. Und es dann doch macht. Weil er eben ein Jugendlicher ist. Paul denkt daran, wie er sich als Jugendlicher auch nicht zusammenreißen konnte und ständig heimlich geweint hat.

Der Junge ist nervös. Der Junge will eigentlich nicht sprechen, mit niemandem. Der Junge will nicht, dass es Fotos von ihm gibt. Paul verspricht: »Ich mache nur ein Foto von dem See. Nicht von dir.«

Der Junge nickt. Starrt auf das glatte Wasser. Darauf spiegeln sich Baumkronen. Der See wirft keine einzige Welle. Es ist windstill. Zeit scheint nicht zu vergehen. Der Junge mag, dass Paul so ruhig ist. Anders ist als die anderen, die ihn mit Fragen löchern, die sich wichtigmachen. So tun, als würden sie ihn verstehen. Unsicher schielt der Jugendliche zu Paul herüber, tastet mit den Augen das Gesicht ab. Die markanten Wangenknochen, das spitze Kinn. Der klare Blick. Niemand spricht. Warum auch. Paul fragt nichts. Paul hat sich auch keine Fragen überlegt. Er hat sich nur entspannt an einen der morschen Bäume am Ufer gelehnt und schaut auf die Wasseroberfläche.

Er weiß, dass der Junge anfängt zu reden, wenn er spürt, dass Paul auf nichts hinauswill. Wenn er merkt, dass Paul nichts von ihm erwartet.

»Hast du Geschwister?«, fragt der Junge.

»Drei.«

»Drei?«

»Ja.«

»Warum hast du drei Geschwister?«

Paul lacht. Zieht ein Kaugummi aus seiner Hosentasche, reicht es dem Jungen. Der nimmt es, wickelt das Papier ab. Knetet das Kaugummi mit den Fingern.

»Da musst du meine Eltern fragen«, antwortet Paul.

»Ist ungewöhnlich, oder nicht? Drei Geschwister.«

»Alles ist ungewöhnlich.«

»Würdest du sagen, ich habe Geschwister?«, fragt der Junge.

»Hm«, überlegt Paul. »Ich würde sagen, du hast einen verstorbenen Bruder.«

»Schreibst du das so?«

»Wenn du das möchtest.«

»Was würdest du über deine Geschwister schreiben?«, fragt der Junge.

»Drei Arschlöcher.«

Der Junge lacht. Das Kaugummi in seinen Fingern ist weich geworden, von der Nervosität.
»Würdest du das über meinen Bruder auch schreiben?«
»Nein. Der ist ja kein Arschloch.«
»Du musst nichts Nettes sagen.«
»Über Tote sagt man immer nettere Sachen«, murmelt Paul.
»Aber wenn du ehrlich wärst, würdest du schreiben, ein Arschloch hat sich umgebracht?«
»Nein.«
»Was dann?«
»Weiß ich nicht.«
Die beiden schweigen. Schauen in den Himmel. Da sind Wolken, durch die die Sonne nicht dringt.
»Würdest du schreiben, dass mein Bruder ein sadistisches Arschloch war?«
»So würde ich das nicht formulieren.«
»Sondern?«
»Ich würde eine Frage stellen. Ich würde mich fragen, was war los mit diesem Jungen?«
»Würdest du das auch fragen, wenn mein Bruder sich nicht umgebracht hätte?«
»Wahrscheinlich nicht.«
Der Junge versucht bitter zu lachen, aber er kann nur krächzen. Kann nur versuchen, wie ein Erwachsener auszusehen, kann nur versuchen, so bitter zu sein. Paul sieht: Der Junge ist alles andere als bitter.
»Dein Bruder hat diese Politikerin ganz schön fertiggemacht«, sagt Paul.

»Ja.«
»Tut dir das leid?«
»Für wen?«
»Für die Politikerin.«
»Keine Ahnung.«
»Meinst du, deinem Bruder tat das leid?«
»Nein.«
»Er hat sich umgebracht.«
»Aber nicht deswegen.«
»Sicher?«
»Ja. Seine Freundin hat sich von ihm getrennt. Damit kam er nicht klar.«
»Das ist doch total Neunziger, sich wegen der Freundin umzubringen. Das macht doch heute keiner mehr.«
»Doch.«
Paul steht auf, tritt näher an den See. Der Junge folgt ihm. Stellt sich nah neben ihn. Das Gerippe eines toten Baumes ragt über die Wasseroberfläche. Paul holt die Kamera hervor. Fotografiert die Spiegelung im Wasser. Das Gerippe sieht aus wie ein zerborstener Brustkorb. Unsicher tritt der Junge näher heran, merkt nicht, dass er sich im Wasser spiegelt. Merkt nicht, dass Paul ihn fotografiert. Sein verschwommenes Gesicht, seinen zittrigen Körper. Seine seltsame Kleidung. Das Verkrampfte, das Steife.

Paul schaut die Straße hinunter. Da kommt kein Bus. Da wird vielleicht auch gar kein Bus kommen. Bestimmt wurde die Haltestelle dichtgemacht und man hat nur vergessen, den Fahrplan abzuhängen. Paul steht auf. Er muss weiter. Die Beine fühlen sich wacklig an bei den ersten Schritten. Dann tauen sie auf. Über den Feldern steht Nebel. Kurz denkt Paul: Im Nebel müsste ich sein.

3

Stöhnend spuckt die Maschine Kaffee in eine Tasse. Dabei stößt sie kleine Dampfwolken aus. Die riechen nach Kalk. Draußen ist es hell. Alle wimmeln über die Straßen. Nur Achura ist drinnen. Als Einzige vielleicht. Ihr Handy liegt in ihrer Hand, es ist auf laut gestellt. Nur einmal hat es vibriert, weil ihr DHL-Paket bald geliefert wird. Achura hat ihr E-Mail-Postfach wieder und wieder kontrolliert. Darin finden sich nur Newsletter und Einladungen zu Konferenzen. Auf YouTube hat sie ihren Namen eingegeben, aber da kommen nur die Beiträge, die sie schon kennt: Achura im Regionalfernsehen; Achura, wie sie der Ministerpräsidentin Blumen überreicht; Achura, wie sie in einem Fernsehsender ein kurzes Statement abgibt. Kein Video von gestern. Auch in der Newsspalte bei Google ist nichts. Einen einzigen Kommentar findet sie auf der Website der Jugendorganisation ihrer Partei. Da steht:

»Wir danken auch unserer Abgeordneten für ihr Kom-

men, die Rede und das Gespräch zu unserem Herbstfest gestern. Danke!«
Sie haben kein Foto von ihr hochgeladen und kein Video. Nicht das Redemanuskript oder ein Zitat aus dem Gespräch auf der Bühne nach der Rede.
Vielleicht hat niemand ihre Rede und das moderierte Gespräch auf den Klappstühlen danach mitbekommen. Vielleicht standen alle einfach nur nah an der Bühne und waren in Gedanken ganz woanders. Bei den Bratwürsten draußen, dem Bierstand. Oder haben es egal gefunden, was Achura gesagt hat. Sie wählen sie eh. Es ist ihr Wahlkreis. Vielleicht waren alle schon ziemlich betrunken und haben nur darauf gewartet, dass das offizielle Programm endlich vorbei ist.
Achura denkt an ihre Zeit bei der Jugendorganisation. Da hat sie entweder brav Tee getrunken und alle Redebeiträge aufgesaugt, wie ein Schwamm, hat die anderen in Gespräche verwickelt und sich an die Fersen von den Abgeordneten geheftet. Oder sie hat sich volllaufen lassen. So richtig. Hat morgens angefangen mit Bier und nachmittags weitergemacht mit Wein und abends getanzt bei Schnaps.
Gestern muss ein Volllauftag gewesen sein, sonst hätten sie sich doch schon alle empört. Oder nicht?
Vielleicht haben sie kein Video hochgeladen, weil sie vergessen haben, eins zu machen. In der Jugendorganisation sind manche noch so verträumt. Bauen die Kamera auf, vergessen dann aber, auf Record zu drücken. Oder es gibt ein Video und sie teilen es nicht.

Weil sie genau wissen, was darauf ist. Weil sie gesehen haben, wie Achura sich nach der Rede auf den schwarzen Klappstuhl auf der Bühne setzt. Wie die Studentin ihr das Mikrofon reicht. Wie die Studentin anfängt zu moderieren und Achura charmant lacht über die Frage und sie beantwortet, ganz nett. Wie sie irgendwann immer nervöser wird. Wie der Speichel zu viel wird in ihrem Mund. Und keinen Platz lässt für gescheite Worte. Wie ihre Lippen beben bei diesem einen Thema. Da kann sie nicht ruhig bleiben. Egal, ob sie auf einer Bühne oder mit Mirjam in der Küche diskutiert. Egal, wie sehr sie sich anstrengt, wie sie darum kämpft, sich zusammenzureißen.

Ich kann das doch, mit dem Zusammenreißen, denkt sie. Das habe ich mir doch beigebracht. Das muss ich doch endlich schaffen. Auch bei diesem Thema.

Wie sie keine Worte findet, in dem Moment auf der Bühne. Wie sie denkt: Halte das Mikro weg vom Mund. Aber ihre Hand krampft darum. Unter ihren Achseln sammelt sich Schweiß. Sie trägt ein ärmelloses Top, damit das Schwitzen nicht so auffällt wie bei einem T-Shirt. Das hat sie gelernt in all den Jahren.

Die Studentin starrt Achura an. Nach ihrem Satz. Ist perplex, versteckt sich hinter den Moderationskarten, sucht eine neue Frage, ein neues Thema. Aber dann hakt sie doch nach. Weil sie das nicht so stehen lassen kann. Natürlich nicht.

Achura spürt, wie sie wütend wird. Wie ihr Blut durch den Körper rast, heiß. Wie ihre Haut glüht und die

Augen brennen. Wie die richtigen Wörter, wie die sanften, die, mit denen man jeden auf seine Seite ziehen kann, nicht mehr da sind. So als würde Achura sie nicht kennen. Achura stottert herum, denkt, sucht. Findet nichts. Da hockt nur dieser eine Satz in ihrem Hals. Der wird dicker und dicker, der drückt ihr die Luft ab, der will raus. Der wird sich nicht verstecken hinter Höflichkeiten. Weil man in dieser Frage nicht höflich sein darf. Weil man es manchmal auch sagen muss, wie es ist.

Achura hustet. Achura bricht das Haspeln ab, schweigt kurz, sagt dann, was sie denkt. Ganz laut und ganz klar.

So klar, dass die Studentin sie nur noch anstarrt und das Publikum ruhig ist. Und es eine Pause gibt, eine lange. Und die Studentin dann vorsichtig nachfragt, ob Achura das denn genau so meint. Und Achura sagt: »Ja, genau so meine ich das.«

Als Achura von der Bühne geht, klatschen alle brav, denken an die Bratwürste, an das Bier, an die Party danach. Erinnern sich schon einen Tag später nicht mehr an Achuras Worte. Das Gespräch gestern ist für niemanden eine Erinnerung geworden. Für niemanden, außer für Achura. Das ist gut so, denkt Achura und atmet aus.

Sie trinkt ihren Kaffee, setzt sich an den kleinen Küchentisch. An den passen nur zwei Stühle. Achura spürt, wie ihre Schultern weicher werden. Wie viel mehr Luft in ihre Lungen strömt beim Einatmen.

Sie merkt, wie müde sie ist. Wie wenig sie geschlafen hat. Wie trocken ihre Lippen sind. Hätte Achura gestern gewusst, dass heute nichts passiert, wäre sie anders nach Hause gekommen. Dann hätte sie leise die Tür aufgeschlossen. Hätte sich weicher um Mirjam geschlungen. Und sich nicht auf sie gestürzt. Hätte sie nicht übersäen müssen mit ängstlichen Küssen. Hätte ihre Lippen zart über Mirjams Hals wandern lassen. Mit den Händen sanft ihren Körper ertastet. Langsam die Bluse aufgeknöpft. Sich an sie gelehnt, ihren Herzschlag gehört. An ihrem Geruch erkannt, was sie erlebt hat, an diesem Tag. Hätte sie nicht weiter ausgezogen. Sondern gewartet. Hätte sich mit ihr aufs Sofa gesetzt, sich an sie geschmiegt und gefragt: »Was denkst du über die Reise morgen?«
Und sie hätte zugehört bei Mirjams Antwort. Hätte ihr lange in die Augen gesehen und wäre dankbar gewesen, sie eine ganze Nacht nur in den Armen zu halten. Hätte kurz vor dem Einschlafen leise geflüstert: »Ich habe heute was so Dummes gemacht. Ich habe Angst, dass jetzt alles zu Ende ist.«
Und Mirjam hätte »Pscht« gemacht. Sie enger an sich gedrückt, gesagt: »Von einer dummen Sache ist nicht alles vorbei.«
Achura hätte es geglaubt und nichts mehr sagen müssen. Auch nicht so was wie »Ich werde dich vermissen« und »Ich bin so froh, wenn du wieder da bist«.
Weil Mirjam es einfach gewusst hätte.
Achura schaut auf die Straße. Da liegt Laub. Das ist rot

bis braun, das glänzt unter dem dünnen Firn Feuchtigkeit. Achura denkt daran, wie sie Mirjams Kleidung von ihrem Körper schält, wie dabei ein Knopf von der Bluse abreißt. Wie Mirjam sagt: »Warte.«
Und Achura langsamer macht, aber eigentlich noch schneller will. Wie sie Mirjam ganz spüren will, aber beim Berühren gar nicht sicher ist, ob das wirklich Mirjam ist. Wie Mirjam sie beruhigen möchte. Ihr sanft über den Rücken streicht, die Decke nimmt und sie darin einwickeln will, damit Achura sich geborgen fühlt. Achura schiebt die Decke weg und fängt an zu reden. Redet und redet und sagt nichts. Und schläft ein, ganz plötzlich.

Vom Fenster aus kann Achura die U-Bahn-Station sehen. Treppen führen unter die Erde. In Strömen rollen Menschen gleichmäßig in die Tiefe, bis sie auf einmal weg sind. Eine Weile wird es still am Schacht. Nur ab und an schlendert eine einzelne Person die Treppen runter. Tappt im Herbstmantel Schritt für Schritt hinunter, bis erst ihr Unterkörper verschwindet und dann ihr Kopf. Nach wenigen Minuten strömt dann eine Welle aus der Tiefe. Steigt empor. Hastig wogt die Welle über den Platz. Bis sie auseinandertröpfelt. Die Welle wird ein Wurm, denkt Achura und beobachtet, wie aus dem Wurm eine Traube wird, die an der Straßenbahnstation in kleinen Portionen abtransportiert wird.
Achura stellt die Tasse ab. Blickt auf den zweiten Stuhl.

Der ist so leer, das hält sie nicht aus. Sie wirft sich ihren Mantel über. Wildlederimitat in Beige. Den hat Mirjam mit ihr ausgesucht und gesagt: »Damit kommst du gut durch den Herbst.«
Achura will das glauben und schlägt die Wohnungstür hinter sich zu.

4

Wenn Spes nackt ist, ist sie rot. Überall. Spes ist ein Schmetterling. Sobald sie berührt wird, ist sie verletzt. Spes ist sich sicher: Wenn ich groß bin, kann ich fliegen. Nur eben noch nicht jetzt. Jetzt bin ich ein Kind, und Kinder können nicht fliegen.
Die meisten Schmetterlinge sind Raupen, bevor sie Schmetterlinge werden. Spes nicht. Spes verpuppt sich auch nicht nur einmal im Leben, sondern jeden dritten Tag. Und nicht in braune, gesponnene Hüllen, sondern in Verbände aus Mull. Die umhüllen die Arme, die Beine, den Unterkörper, den Oberkörper, Hals und die Hände. Nur das Gesicht ist frei. Spes' Kokon ist weiß.

5

Hinter der Kurve beginnt ein Dorf. Paul geht langsamer. In der schmalen Gasse riecht es nach Alte-Leute-Mittagessen, nach gebratenen Zwiebeln vollgesogen mit Fett. Ein geschlossener Supermarkt verfällt neben einer maroden Kneipe. Ausgeblichene Plakate fürs Puppentheater kleben über der eingeschlagenen Scheibe. Aus dem Dach ragt eine Birke. Ihr schmaler Stamm streckt sich zu den Wolken. Die hängen trüb am Himmel. Im fahlen Licht sind die Birkenblätter dunkelgrün.

Paul geht weiter. Neben der Kirche plätschert ein Brunnen. Paul hält seine Hände ins Wasser, wäscht den Dreck aus den Wunden. Der Schmerz zieht durch die Hand, hoch zum Gehirn. Dort sticht er. Vielleicht haben sich die Wunden entzündet. Paul schrubbt, kratzt, bis der Dreck draußen ist. Bis der Dreck braun in dem klaren Wasser treibt. Bis alle Kruste von den Wunden ist, bis die Hände wieder bluten. Hellrotes Blut treibt in das kalte Wasser. Wird davon verdünnt, wird unsichtbar. Paul zieht seine Hand heraus. Hält sie Richtung Sonne. Vielleicht beschleunigt das die Heilung. Das Licht ist grell. Paul kneift die Augen zusammen, saugt die klare Luft ein. Neben dem Brunnen lässt er sich auf eine Bank gleiten. Es ist Mittag, liest er an der Turmuhr ab. Ein paar Vögel schauen verwegen auf Paul herab. Paul überlegt, wie er von außen aussieht. Wie er dasitzt auf dieser Bank. Die kaputte Klei-

dung, die offenen Hände. Der müde Körper. Die Arme über der Lehne ausgebreitet, den Kopf in den Nacken gelegt. Seine Handflächen zeigen gen Himmel.
Der Geopferte, denkt er. Stellt sich vor, wie dieser Moment in einem Gemälde aussehen würde. In Öl oder in Kreide. Auf jeden Fall expressionistisch mit ganz starken Farben. Eine weite Perspektive, in die das ganze Dorf passt. Feine Striche, intensive Farben. Und neben diesem Brunnen geht er fast unter. Ist erst gar nicht zu sehen. Nur wenn man genau hinschaut, sieht man die offenen Hände. Paul stellt sich vor, wie dieses Bild im Museum hängt. Wie alte Damen es anschauen und denken: Wie schön dieses Dorf ist. Das erinnert mich an die Heimat. Und dann erschrecken sie, als sie ihn erkennen. Seine fahle Haut und das Blut an den Händen. Sein Gesicht, das so leblos aussieht und so unscheinbar ist neben dem ganzen Bunt.
Das Gemälde wird irgendwann für mehrere Millionen versteigert, landet in einer Privatsammlung und verschwindet da für immer. Besser für die alten Damen, denkt Paul.

6

Achura ist zu spät. Sie hat zu lange zum Kaffeetrinken gebraucht, stand zu lange am Fenster beim Denken. Hat ihren Laptop auf dem Schreibtisch liegen lassen und musste noch mal zurück. Achura schwitzt. Vom Treppehochrennen in der warmen Kleidung. Die Bahn ist verpasst. Achura pirscht sich an den Zeitungskiosk. Sucht die Cover nach ihrem Gesicht, ihrem Namen und den Parteibuchstaben ab. Sie findet sich nicht auf den hellgrauen Blättern mit der feinen Schrift, nicht im Regionalen, nicht in den plakativen roten Buchstaben mit den vielen Bildern. Keine Achura. Nicht auf der Hauptseite, nicht als Randnotiz. Kein Foto, kein neues und kein altes. Nichts. Nur ein Mann mit einem glatten Gesicht, klaren Augen und spitzem Kinn. Der schaut sie von allen Titelseiten an. Er sieht kalt aus, findet Achura. Neben seinem Bild steht:

»Skandal« oder »Lügner« oder »entlarvt«. Und irgendwas mit »Erschütterung« und »unvorstellbar«.

Achura nimmt sich eine Zeitung und schaut ihn genauer an. Überlegt, ob sie ihn schon mal gesehen hat. Vielleicht bei einem Empfang oder einer Veranstaltung. Achura ist unsicher, überfliegt den Artikel und mustert den Abgedruckten auf den Bildern. Ihn, wie er bei Preisverleihungen im Anzug steht und Urkunden vor seinen Bauch hält. Angespannt, verkrampft. Wie jemand, der verschwinden will aus der Situation.

Achura bezahlt die Zeitung, denkt: Der sieht schon so gestört aus, und springt in die Bahn.

7

Kalte Luft weht Mirjam entgegen. Sie zieht ihren Schal aus dem Rucksack, legt ihn sich um. Die Füße zieht sie hoch und schaut raus. Starr liegen die Wolken als Türme aufeinander. Kein Boden ist zu sehen und auch kein Meer. Nichts außer den weißen Wolken. Vielleicht bleiben wir einfach hier, denkt Mirjam. Sie mag einen Moment lang, dass es in diesem Himmel keine Farben gibt. Dass er einfach nur hell ist, mit verschiedenen Weißtönen. Mag, dass der Himmel still ist. Oder es still wäre, wären da nicht die Triebwerke.

Bela hat seinen Laptop aufgeklappt und tippt ganz gleichmäßig. Eine Reihe vor ihnen wird geschnarcht. Mirjam schaut kurz zu Bela. Er ist immer entspannt, immer weich. Sieht immer aus wie jemand, den nichts aus der Ruhe bringen kann. Bela hält zum Nachdenken inne. Mirjam mag, wie seine Stirn dabei kraus wird, wie er die Augenbrauen hochzieht, ohne es zu merken. Mirjam kennt alles in seinem Gesicht, jeden Ausdruck, der möglich ist. Alles zwischen Im-Flugzeug-Tippen und Nicht-mehr-schlafen-können-weil-so-viel-passiert.

Mirjam denkt: Sie kennt Bela besser als alle anderen.

Mirjam denkt dann: Niemand kennt Bela.

Bela merkt, wie Mirjam ihn beobachtet. Er schaut nicht rüber, das hat er sich abgewöhnt. Weiß, dass man Mirjam-Blicke ignorieren muss. Wenn man zurückschaut, hört Mirjam gar nicht mehr auf mit dem Mustern.

Mirjam denkt an die Häuser mit den offenen Fenstern. Die Häuser, in denen es nur Decken auf dem Boden gibt und sonst nichts. Das Glas in den Scheiben, das zittert. Das Glas, das zerspringen wird, wenn die Bombe fällt. Der Druck, der das alles mit sich fegen wird und Scherbensplitter verteilen kann, im gesamten Raum. Deshalb bleiben die Fenster die ganze Nacht offen und alle frieren, statt zu schlafen.
Bela klappt den Laptop zu.
»Fertig«, sagt er.
»Mit was?«
»Ich musste noch den letzten Schliff an der Steuererklärung machen.«
»Hast dir ja wieder den besten Moment ausgesucht.«
Mirjam lacht. Dann sind sie leise. Dann schweigen sie, dann schaut Bela nur noch auf die Schnarchenden vor ihm und Mirjam auf die Wolkentürme und das Weiß und das Still.

8

Nachmittags passiert nichts. Nachmittags ruhen sich alle aus. Auch die frisch verbundene Haut. An die drücken sich die Binden und die Creme und decken sie zu. Die Haare machen auch nichts am Nachmittag. Sie halten sich nicht einmal mehr an der Kopfhaut fest und fallen herunter am Nachmittag. Das Bett ist mit

Haaren übersät. Manchmal spielt Spes Haarefischen. Dabei versucht sie, mit der verbundenen Faust Haare von der Matratze zu sammeln. Das geht meistens nicht. Deshalb macht Haarefischen nicht so viel Spaß. Spes mag nur Spiele, bei denen sie auch gewinnen kann. Beim Haarefischen verliert sie gegen die Matratze. Manchmal schummelt Spes und fährt sich mit der Faust über den Kopf. Spes hat dann mehr Haare als die Matratze. Spes weiß, wenn sie das Spiel zu oft spielt und zu oft schummelt, hat sie bald gar keine Haare mehr.

Spes mag Haare, sie hätte gerne viel mehr davon und mag nicht, dass sie fast die gleiche Frisur wie der Großvater hat. In der Mitte nichts und nur ein paar dünne Härchen um den Kopf. Manchmal zuckt Spes die Schultern und denkt: Daran erkennt man, dass wir verwandt sind. Das ist die Ähnlichkeit, die wir haben. Nur dass der Großvater graue Haare hat und Spes durchsichtige. Also blond, sagen immer alle. Aber wenn Spes sie sich im Licht anschaut, sind sie so hell, dass blond nicht das richtige Wort ist. Spes findet, dass ihre Haare wie Glas sind. Sie können gefährlich werden und sind so scharf wie Scherben, die Spes' Haut schneiden können.

Durch das Fenster schaut Spes in den Garten. Der Großvater harkt Laub. Wenn er eine kurze Pause macht, stützt er sich auf der Harke ab. Das linke Bein kann er nicht mehr belasten. Wegen dem Knorpel. Mehr hat der Großvater Spes dazu nicht gesagt. Spes kennt den

Knorpel nicht. Der war noch nie zu Besuch da. Nicht so wie der Karl-Rudi oder der Richard oder die Marianne. Der Knorpel muss ein alter Bekannter sein, den der Großvater nur trifft, wenn Spes schläft oder im Krankenhaus ist. Einer, den sie nicht mitbekommen soll, weil er zwielichtig ist oder unberechenbar. Einer, der auch hinkt. Einer, der den Großvater angesteckt hat mit dem schlechten Bein. Einer, der sich müde durch den Garten schleppt, der schwache Haut im Gesicht und eine raue Stimme hat. Der Knorpel raucht viel, deshalb geht es ihm schlecht. Der Knorpel trägt einen Blaumann und der Knorpel kann es nicht lassen, dem Großvater Zigaretten anzubieten, wenn er da ist. Deshalb riecht es immer noch ein bisschen nach Qualm, wenn Spes aus dem Krankenhaus kommt.
Der Knorpel macht Unordnung im Haus. Der Knorpel bringt die Flaschen mit, aus denen es so komisch riecht und die der Großvater schnell hinter den Gardinen versteckt, wenn Spes wieder da ist. Niemand mag den Knorpel. Nicht mal der Großvater. Aber er muss ihn reinlassen, wenn er klingelt. Sie kennen sich schon so lange. Er ist ein alter Freund. Einer aus der Schule oder einer aus der Universität. Einer, der ein bisschen verrückt geworden ist. Dem Knorpel sind komische Sachen passiert. Darüber redet er eigentlich nicht. Nur mit dem Großvater, weil man mit dem Großvater über alles reden kann. Weil das einfach so passiert, dass wenn der Großvater fragt: »Was denkst du?«, dass man redet und redet. Und dann erst merkt, was man denkt.

Das passiert dem Knorpel auch. Aber der freut sich nicht darüber, den macht das wütend. Der Knorpel ist oft wütend. Über alles Mögliche. Zum Beispiel, wenn etwas Bestimmtes im Radio gesagt wird oder der Großvater Neuigkeiten aus der Siedlung erzählt. Da kann der Knorpel ausrasten. Und zerschlägt das Glas, das der Großvater ihm extra hingestellt hat.
Der Knorpel schlägt Menschen. Der Knorpel hat den Großvater gegen die Hüfte geschlagen und ihn mit der Krankheit angesteckt. Der Knorpel soll nicht mehr kommen, denkt Spes. Weil der Knorpel macht, dass die Leute den Großvater manchmal so komisch angucken, wenn er im Garten steht und das Laub harkt, ganz wacklig. Und dass sie ihm Hallo sagen in einem Ton, der seltsam ist. Der Großvater guckt nicht mal hin, zu denen hinterm Zaum. Weil er ein bisschen schlecht hört. Manchmal winken die Nachbarn Spes. Wenn das Licht in ihrem Zimmer an ist, können sie sie gut sehen. Das Bett gegenüber vom Fenster. Spes winkt zurück. Spes winkt gerne.
Das Laubharken ist dem Großvater zu anstrengend. Er klammert sich am Rechen fest. Hat nicht mal den halben Beutel voller Laub. Er fährt sich mit der Hand über die Stirn. Atmet tief aus. Schaut sich um. Der Garten ist voller Blätter. Rot, braun und an manchen Stellen gelb. Spes findet, der Garten könnte ruhig so bleiben. So bunt.

9

In der Kantine tragen alle Dunkelblau. Oder Grau. Oder Schwarz. Nur Achuras Fraktion mag Farben. Vereinzelt sitzen bunte Tupfer an den grauen Tischen. Regenbogenfraktion, sagen die Rechtspopulisten. Das fand Achura eigentlich ganz witzig und hat getwittert: »Die meisten Menschen freuen sich, wenn sie Regenbögen sehen.«
Metallschmetterlinge hängen von der Decke, die sind anthrazit, genau wie der Boden, wie die Theke und wie die verspiegelten Fenster von außen aussehen. Eine junge Frau mit Fotokamera läuft auf dem Gehweg an der Kantine vorbei. Von außen fotografiert sie die Spiegelungen in der Scheibe. Ob sie weiß, dass Achura sie sehen kann? Wenn Achura sich ganz nah an die Scheibe drücken würde, wäre sie auf dem nächsten Foto. Dann hätte die Frau nicht nur ein Foto von der verspiegelten Fassade, sondern unabsichtlich auch von einer lebendigen Person. Die Frau schaut auf ihr Display, betrachtet das geschossene Foto und zieht weiter. Achura tupft ihren Lippenstift nach. Das strahlende Rot passt zu ihrem grünen Kleid. Vor Achura steht der leere Teller. Mit dem Essen ist sie schnell geworden. Drei Minuten und alles ist weg und zehn Minuten und sie hat vergessen, was sie gegessen hat. Achura hasst das Alleinessen. Achura mag nur: Essen mit Mirjam. Da kann sie schmecken, was sie isst, und kaut langsam. Sie mag es, vorsichtig mit der Gabel ins Essen zu stechen. Zu spü-

ren, wie die Konsistenz sich ändert, wenn das Essen in den Mund gelangt, von Spucke zersetzt wird und von Zähnen zerkaut. Mag, dass der Geschmack bleibt bis zum Zähneputzen und nicht von einem Pfefferminzkaugummi überdeckt werden muss. Achura steht auf, lässt ihre Tasche am Platz und holt noch einen Kaffee. Den braucht sie jetzt. Einen mit Milch und ganz viel Zucker. In einer halben Stunde geht die Sitzung los. In einer halben Stunde landet Mirjam. In einer halben Stunde wird gestritten werden, über Etats, über Prioritäten. Vielleicht auch über sie und die Aussage von gestern. Über diesen einen Satz, über ihre zittrigen Lippen und ihre polternde Stimme. Darüber, ob sie noch geeignet ist, Abgeordnete zu sein. Achura sieht sich dasitzen, an dem langen Tisch. Hört, wie Fragen auf sie einprasseln. Sieht, wie ruhig sie wirkt, mit einem Körper, der entspannt aussieht. Das hat Achura gelernt. Entspannt sitzen und entspannt schauen, obwohl im Inneren alles aufgewühlt ist, obwohl ihr heiß ist und kalt. Achura kann diplomatische Worte sprechen, auch wenn in ihr wütende, aggressive sind. Achura kann bedächtig wirken, obwohl sie überschäumt. Achura kann sich immer zusammenreißen, nur gestern konnte sie es nicht. Das Zusammenreißen kostet Achura Kraft. So viel, dass sie nachts im Bett liegt und nicht schlafen kann, an die Decke starrt und spürt, wie der Körper sich nicht traut, müde zu werden, locker zu lassen, sich zu entspannen, wie der Körper immer noch glaubt: Ich muss mich zusammenreißen.

Achura hört, wie die Ministerin sie nach der Sitzung zu sich ins Büro bestellt. Egal, was sie für Termine hat. Achura sieht sich ihr gegenüber am Schreibtisch sitzen. Achura hört sich Entschuldigung sagen und Strategien vorschlagen, wie mit der Presse umzugehen sei. Achura weiß, wie skeptisch die Ministerin gucken kann, weiß, wie sie sich schulterzuckend zurücklehnen wird, wird sie ihr den klaren Auftrag gibt, die Sache zu klären. Öffentlich, vor allen.
Und Achura sieht sich im Nachrichtenstudio stehen und sich entschuldigen. Sieht sich zehn Jahre später in einer Talkshow. Da ist sie gerade Parteivorsitzende geworden oder Ministerpräsidentin. Sieht den Moderator, den sie nicht mag, in einem roten Sessel und mit viel Licht im Gesicht. Neben ihr eine Schauspielerin und ein ehemaliger Banker, der ein Buch geschrieben hat über seine moralischen Verfehlungen, seine Zeit im Knast und wie es kam, dass er katholischer Priester geworden ist.
Achura sieht genauso aus wie jetzt in ihrer Vorstellung. Das grüne Kleid mit den Mustern, der rote Lippenstift, die dunkelbraunen Locken sind fast schwarz. In zehn Jahren muss Achura ihre Haare vielleicht schon färben. Achura mag graue Haare bei anderen, nicht bei sich selbst. Sie mag auch nicht, dass ihr irgendwann ihre Kleider zu eng sein werden und sie schnaufen wird beim Treppehochsteigen. Mag nicht, dass ihre Haut sich verändern wird und ihre Gesichtszüge. Sie wird dann einfach noch mehr arbeiten. So viel, dass sie es kaum noch bemerken wird.

Achura schwitzt unter den Scheinwerfern. Die Kamera fährt um sie herum. Das Studiopublikum klatscht nach der Geschichte des katholischen Priesters. Achura nickt anerkennend, weil sie weiß, dass man das muss. Der Moderator schaut gerührt, guckt auf seine Moderationskarte, weiß nicht, wie er zu Achura überleiten soll. Er starrt Achura für einen Moment an. Früher hätte sie das nervös gemacht. Jetzt macht Achura gar nichts mehr nervös. Jetzt hält sie jeden Blick aus und jede Frage. Jetzt wird sie nicht mehr zittrig und die falschen Worte kommen nicht mehr aus ihrem Mund.
»Sie sind ohne religiöse Prägung aufgewachsen, könnten Sie sich vorstellen, dass Ihr Leben mal so eine Wendung nimmt?«, fragt er auf einmal.
»Es stimmt ja nicht, dass ich ohne religiöse Prägung aufgewachsen bin. Meine Großmutter war sehr gläubig, und ich habe meine humanistische Einstellung sicherlich zu einem Großteil von ihr. Meine Familie war nur nicht christlich. Generell ist es natürlich gerade schwer für mich, mir so ein Leben vorzustellen. Aber das macht diese Geschichte ja so besonders. Sie konnten sich ja auch nicht vorstellen, einmal katholischer Priester zu werden«, sagt Achura und lächelt den Priester an.
»Von der Vergangenheit eingeholt zu werden ist auch für Sie ein großes Thema. Gibt es einen Punkt in Ihrem Leben, an dem Sie gerne noch einmal ansetzen würden, um alles zu verändern?«
»Ich glaube, dass es im Leben sehr wichtig ist, sich die

eigenen Fehler einzugestehen und daraus zu lernen. Ich glaube nicht, dass es gut wäre, wenn man noch mal irgendwo einsteigen könnte, um Teile des Lebens auszuradieren. Auch, wenn es für jeden Menschen natürlich Ereignisse gibt, von denen er denkt, dass sie anders hätten laufen sollen.«

»Beispielsweise Ihre Aussage auf dem Herbstfest der Parteijugend vor zehn Jahren?«

»Sagen wir so: Ich bin auf jeden Fall nicht stolz auf das, was ich da gesagt habe. Aber ich habe solche Äußerungen nie wieder gemacht. Für mich ist dieser Fall abgeschlossen.«

»Sie sind durch vermeintlich radikale Äußerungen aufgefallen.«

»Ich habe mich direkt, als das Video vor einer Woche aufgetaucht ist, dafür entschuldigt. Das, was ich vor zehn Jahren gesagt habe, war ein Ausrutscher.«

»Haben Sie also zehn Jahre lang gewartet, um Stellung zu beziehen, in der Hoffnung, dass niemand etwas merkt?«

»Nein, das stimmt so nicht. Ich habe diesen Jugendparteitag lange vergessen. Als ich das Video mit meiner Aussage gesehen habe, war ich selbst erschrocken. In dem Video ist mir aber auch deutlich anzusehen, dass ich an diesem Tag neben mir stand.«

»Es ist aber auch in der jüngeren Geschichte vorgekommen, dass Stimmen in Ihrer Partei Sie als zu temperamentvoll und als radikale Persönlichkeit erleben. Und auch jetzt, vor Ihrer Wahl zur Parteivorsitzenden, wurde stark diskutiert, ob Sie die Richtige für diese Position sind.«

»Ich weiß ja nicht, was Sie da für Stimmen gehört haben, aber ich glaube nicht, dass ein leidenschaftlicher, engagierter Stil verkehrt in der Politik ist. Meine Partei und ich setzen uns mit Herzblut für soziale Gerechtigkeit, Umwelt und Chancengleichheit ein. Ich finde es sogar sehr wichtig, Politiker*innen zu haben, die beherzt Themen angehen und für die Interessen der Bürger*innen einstehen.«

»Jetzt ist es bei Ihnen aber so, dass Sie manche Themen nicht so neutral sehen können wie andere.«

»Wie meinen Sie das?«

»Sie sind in einer Notunterkunft aufgewachsen. Sie sind Tochter von Eingewanderten, haben auch schon viel über Diskriminierungserfahrungen gesprochen.«

»Ja.«

»Und vielleicht sind Sie deshalb nicht so distanziert, wie Sie es sein müssten.«

»Warum sollte ich distanziert sein? Ich bin in die Politik gegangen, weil ich als Kind und Jugendliche extrem spüren konnte, wie sich politische Entscheidungen auswirken. Ich glaube sehr sicher, dass meine Erfahrungen und der Weg, den ich gegangen bin, eine bereichernde Perspektive bieten können.«

»Sie galten lange als Paradebeispiel für gelungene Integration und wurden von vielen Seiten geschätzt. Jetzt ist ein Video aufgetaucht, das einen Redebeitrag von Ihnen auf dem Herbstfest der Parteijugend von vor zehn Jahren zeigt. Waren Sie überrascht, dass dieses Video gerade jetzt auftaucht?«

»Nein, nicht wirklich. Wenn man in eine höhere Position aufsteigt, wird immer noch einmal anders gesucht als sonst. Ich kann nur sagen, dass ich meine Aussage bereue und mich dafür entschuldigen möchte. Wir alle machen Fehler, und in den vergangenen zehn Jahren habe ich viel dazugelernt.«

»Böse Zungen sprechen schon vom Ende Ihrer Karriere.«

»Ich habe nie viel davon gehalten, auf böse Zungen zu hören.«

»Damit unsere Zuschauerinnen und Zuschauer einen Eindruck bekommen, blenden wir nun das erwähnte Video ein, das vor einer Woche aufgetaucht ist.«

Achura stürzt den Kaffee hinunter. Der Zucker klebt auf der Zunge. Sie muss mit Wasser nachspülen. Sie schaut zur Fensterscheibe. Von innen kann man sich nicht spiegeln, von innen sieht man einfach nur nach draußen. Auf Fassaden.

10

Das Dorf könnte mein Heimatdorf sein, denkt Paul. Er schleicht durch die Gassen. Niemand ist dort. Manchmal hört er das Plappern eines Fernsehers, das Surren eines Motors. Dann fährt ein Auto weg, verlässt das Dorf und kommt nicht wieder. Paul geht langsam. Seine Schritte hallen in den engen Gassen. Der Schall findet nicht heraus und verfängt sich. Paul will leiser sein, obwohl niemand da ist, der ihn hören kann. Die Hände bluten nicht mehr. Dafür knurrt der Magen. An einer Wand steht ein Zigarettenautomat. Wenigstens etwas, denkt Paul. Der Automat nimmt nur Münzgeld. Hektisch durchsucht Paul seine Taschen. Findet ein paar Zwei-Euro-Stücke. Eigentlich hat er kein Bargeld mehr. Am Automaten stehen keine Preise. Paul wirft Münze für Münze ein, drückt auf eine Taste. Er will die Cowboy-Zigaretten. Die, mit denen man Freiheit inhalieren kann und Pferde bändigen. Die, mit denen man auf einem Zaun hocken und in den Sonnenuntergang schauen kann. Ohne dass einem irgendwas passiert. Paul drückt noch mal und noch mal. Und der Automat macht ein Geräusch. Ein Klicken. Das Geld wird weitertransportiert, landet im Magen des Automaten. Das wird er nicht mehr wiedersehen, denkt Paul und haut auf den Knopf mit den Cowboy-Zigaretten. Fester und fester. Der Automat macht nichts. Nicht mal ein Klirren. Ein letztes Mal schlägt Paul dagegen. So hat er auch gegen die Flipperkästen in der Kneipe seiner Mutter gehauen, oder nicht? Die, die sein ganzes Taschengeld verschlungen haben. Die hatten auch kein Mitleid. Genauso wenig wie der Zigarettenautomat. Paul schaut sich den Automaten an und fragt sich, wann der wohl das letzte Mal aufgefüllt wurde. Ob vor fünfzehn Jahren hier das letzte Mal ein kleiner Lieferwagen kam, der die Dorfjugendlichen mit Zigaretten versorgt hat. Paul lehnt sich mit dem Rücken an den Automaten, rutscht daran herunter und lacht auf einmal. Ganz laut, ganz lange. Über die Zwei-Euro-Stücke im Automatenmagen, über die Cowboy-Idee, darüber, dass er gar kein Feuerzeug dabeihat.

II

Alles ist hellbraun. Der Staub flimmert in der Luft. Die Wärme ist eine Wand, gegen die Mirjam nach den ganzen Stunden im Klimatisierten prallt. Sie muss sich gegen die warme Wand drücken, in sie hineinkommen und Teil von ihr werden. Mirjam atmet tief ein. Die ungewohnte Temperatur macht das Atmen schwer. An den Beinen hat sie noch Gänsehaut von der Zeit im Flughafen, vom Schlangestehen vor dem Einreisen. Der Asphalt vor ihr ist aufgeplatzt. Kofferrollen bleiben in den Asphaltnarben hängen. Es wird leichter mit dem Atmen. Mirjam atmet die Luft ein. Benzingeruch gemischt mit der Erinnerung an Sommer. Der Herbst hier beginnt mild. Ein bisschen riecht es sogar nach Meer. Mirjam mochte das Landen. Das lange Gleiten an der Küste entlang. Das tiefe Blau und die ersten hellbraunen Gebäude. Dahinter erstrecken sich die Hügel und vermischen sich mit dem Himmel.

Sie hat es vermisst. Die harten Sonnenstrahlen und den hellblauen Himmel. Mirjam winkt ein Taxi heran. Wechselt die ersten Worte in der Sprache, die sie so lange nicht gesprochen hat. Bela verstaut das Gepäck im Kofferraum und versucht, dem Fahrer zu beschreiben, wo sie hinmüssen. Er stolpert ein paar Mal über Vokabeln. Mirjam hilft ihm. Der Fahrer nickt, hält die Tür auf. Und los geht es, weg vom Flughafen. Mirjam schaut aus dem Fenster. Die vorbeiziehenden Flughafengebäude, die Hallen, die Lande- und Startbahnen verschwinden. In Mirjam bebt das Landen noch nach. Ihre Ohren kommen noch nicht hinterher. Die Küstenstadt liegt tief. Wenige Meter über dem Meeresspiegel. Und Mirjam kommt mitten aus der Luft. Von vorne bläst die Klimaanlage Luft nach hinten. Das Taxi windet sich auf die Autobahn, schlängelt sich zwischen die anderen Autos. Am Horizont tauchen die Umrisse der Hochhäuser auf. Dicht gedrängt stehen sie aneinander, sie überragen sich gegenseitig. In der Ferne ist der Himmel diesig und lässt die Hochhäuser grau verschwommen aussehen. Irgendwo ist der Hafen. Mirjam kann ihn nicht sehen. Der Bezug der Rückbank ist ausgesessen. Der Stoff hat sich an einigen Stellen aufgelöst und wurde mit Klebeband geflickt. Vorne am Rückspiegel baumelt ein Kreuz aus grünen Steinchen. Mirjam beugt sich runter zu ihrem Rucksack, sucht ihr Handy. Sie findet ihre Dose mit Keksen, nimmt sich einen und hält Bela die Dose hin. Der schnappt sich zwei Kekse, beißt hinein.

»Nicht, dass das wieder so eine Keksreise wird«, grinst er.

Mirjam zerkaut den Keks beim Flugmodusausstellen. Tippt eine Nachricht an Achura:

»Bin gut gelandet.«

Sie überlegt, ob sie noch etwas schreiben könnte. Irgendwas über die Häuserfarben, über das Aufsetzen des Flugzeugs, darüber, wie sich die ersten Worte in der Sprache angefühlt haben. Oder so was wie: »Danke für die Sprache, die hab ich von dir.«

Mirjam lässt es und schiebt das Handy zurück in den Rucksack. Es ist noch nichts passiert, und da braucht man noch nicht viele Worte. Die kommen erst, wenn Mirjam wieder zu Hause ist. Wenn sie vom Flughafen nach Hause fahren in der Bahn und sich aneinanderdrücken und flüstern. Mirjam lässt die Augen über die Umgebung wandern, sie schaut sich den Rohbau am Straßenrand an, die verborgene Leitplanke, das Auto mit zerkratztem Lack, das viel zu nah auffährt. Die Frau auf dem Beifahrersitz redet schnell auf den Mann ein. Staub haftet an der Scheibe, ein Beinaheunfall vor ihnen, aufgebrachtes Reden. Der Taxifahrer, der die Spur wechselt. Bela, der die Kamera hervorzieht und das erste Foto macht.

12

In der Regionalbahn ist es still. Fast niemand fährt um diese Zeit von der Arbeit zurück. Ein paar Jugendliche drücken sich Musik hörend im Vierer herum. Die Musik dringt bis zu Achura. Ihr Kopf ist an die Scheibe gelehnt. Müde schaut sie nach draußen und wartet, dass endlich der Hauptbahnhof auftaucht. Sie will nach Hause, will endlich da sein. In der Wohnung. Sie stellt sich vor: Mirjam ist zu Hause. Sitzt mit dem Laptop am Küchentisch, trinkt grünen Tee, damit sie wach bleibt. Schreibt schnell, weil sie bis Mitternacht abgegeben haben muss. Sie hat wieder zu lange zum Denken gebraucht und deshalb ist sie jetzt im Stress. Nur ein flüchtiger Kuss und dann schweigen sie. Achura wirft sich aufs Bett, um E-Mails zu beantworten und Sprachnachrichten aufzuzeichnen, bis Mirjam irgendwann aufhört zu tippen, sich neben sie legt und einschläft. Ohne Zähneputzen.

Achuras Augen brennen vom vielen Starren auf Bildschirme. Der Hals ist trocken von den ganzen Gesprächen, ihre Frisur löst sich auf. Die Locken winden sich aus dem Zopf heraus, sie hängen ihr ins Gesicht. Achura streicht sie nicht zur Seite. Achura ist es egal. Ihr Handy liegt in ihrer Hand. Es vibriert die ganze Zeit, aber Achura schaut sich die Nachrichten nicht an. In der Tasche liegt die Zeitung vom Morgen noch unangerührt. Sie ist ein bisschen zerknittert. Achura nimmt die Zeitung heraus. Wieder schaut sie der abgedruckte Mann an. Sein Gesicht hat sie heute tausendfach gesehen und seinen Namen überall gelesen. Er ist in jeder Newsspalte aufgetaucht und auf jedem Display. Achura schlägt die Zeitung auf. Für die hat Mirjam nie gearbeitet. Achura will den Artikel genau lesen, aber die Augen sind zu schwer. Sie kämpft, um sie offen zu halten. Obwohl ihr der Skandal ja eigentlich egal sein kann und man so viel über diesen Skandal noch gar nicht weiß. Das liest man an der Art, wie der Artikel geschrieben ist. Es gibt Beweise und es gibt Vermutungen und es wird ein Ausschuss gegründet, der die Sache untersucht. Es gibt Erschütterung auf allen Seiten und es gibt einen Mitarbeiter, der jetzt keiner mehr ist. Es gibt Zeugen, denen hat man nicht geglaubt, und es gibt eine Zeitung, die hat sich vor ihn gestellt, vor den, der auf allen Bildern ist und dem alle blind vertrauten. Achura schließt ihre Augen.

NACHT

1

Es ist zu kalt, um draußen zu bleiben. Zu kalt, um sich unter einen Baum zu legen und in die Sterne zu schauen. Die sind eh verhangen und der Sommer, in dem Paul auf Dachterrassen steht, mit Gin Tonic in der Hand, ist vorbei. Auf Dachterrassen ist immer Musik. Musik, die nach gar nichts klingt. Nur nach schwachem Beat, monotoner Elektro, bei dem man sich jung fühlen kann. Paul steht herum, wie alle, und zieht an dem metallenen Trinkhalm. Er steht vielleicht ein bisschen näher am Geländer, schaut ein bisschen öfter in die Sterne und ist ein bisschen stiller als alle anderen.

Der Kollege, mit dem er studiert hat, witzelt an der Bar. Der Ressortleiter unterhält sich angespannt mit dem Volontär. Der will so viel. Der denkt, umso mehr er sich aufplustert, desto mehr bleibt er in Erinnerung. Paul weiß, dass das nicht stimmt. Dass man auch zurückhaltend sein kann und gut. Dass man dann irgendwann gesehen wird. Wenn man auf die richtige Art unsichtbar ist, bemerkt einen jeder. Den Volontär hat der Ressortleiter in drei Monaten vergessen, an den erinnert er sich nicht einmal mehr, wenn er eine E-Mail von ihm bekommt und den Namen liest. Der Volontär

ist zu gewöhnlich. Der ist so ein ganz normaler junger Mensch, der mit dem Fahrrad durch die Stadt rast und den Lieferandomann überholt. Der sonntags lange schläft, weil er den ganzen Samstag vor dem Rechner sitzt und recherchiert. Der eine Dating-App auf seinem Handy installiert und Frauen oder Männer hin- und herschiebt. Der sich manchmal trifft und dann enttäuscht ist. Und der eigentlich nicht weiß, was das Dating soll. Er hat ja eh keine Zeit. Weil so viel zu tun ist und weil ihm so oft Chancen begegnen, die er nutzen muss: die Chefredakteurin beim Biosupermarkt treffen, die Recherchereise mit dem Festangestellten, der Cocktailabend auf der Dachterrasse. Der Volontär denkt, er muss vielleicht ein bisschen warten, bis sich das alles auszahlt. Und so lange quatscht er, so viel er kann, und ist so präsent, dass man ihn übersehen will. Der Volontär ignoriert Paul. Menschen, die ruhig am Geländer stehen und den dünn gezeichneten Mond anschauen, sind für ihn Idioten. Idioten, die ihre Chancen ungenutzt verstreichen lassen. Die es bald aufgeben müssen mit dem Journalismus und am Ende Romane schreiben oder so einen Unsinn.
Paul mag keinen Gin Tonic und Paul mag kein Rumstehen. Er mag auch nicht Rumreden, sondern nur Richtigsprechen. Paul stellt das Glas auf einem der Stehtische ab und sagt zum Ressortleiter: »Ich muss leider schon gehen, ich bin mitten in einer Geschichte. Wir sprechen die Tage!«

Paul schleicht um das Haus herum. Das steht wahrscheinlich schon seit Jahren leer. An einem Fenster hängen noch Gardinen. Aber die sind grau. Fast schwarz. In der Dunkelheit sowieso. Aus dem Haus kommt kein einziges Geräusch. Die Garage daneben ist eingestürzt. Zusammengefallen, einfach so. Wegen der Zeit. Auf dem Hausdach fehlen ein paar Dachziegel. Die Fenster sind nicht eingeschlagen. Deshalb könnte es recht warm darin sein, oder? Zumindest windgeschützt. Paul steigt über den Zaun. Da ist ein Garten mit einer Terrasse. Auf der wuchert Moos. Aus der Rasenfläche sprießen junge Birken. Ein gefliester Pool, komplett in den Boden eingelassen. Darin sammelt sich Laub. Ein paar Pfützen und ein toter Igel, total zerfleischt.
Paul betritt die Terrasse. Über dem bodentiefen Fenster ist eine Alarmanlagenattrappe angebracht. Paul späht in das Zimmer. Im Wohnzimmer stehen noch Möbel. Ein massiver Fernsehschrank und ein höhenverstellbarer Seniorensessel. Vielleicht liegt irgendwo ein Toter, denkt Paul und stellt sich ein Pflegebett vor, mit einem verwesten Alten. Oder eine verstorbene Katze. Eine, die nur noch Gerippe ist, weil sie seit zwanzig Jahren tot ist. Die wurde dagelassen in dem Haus. Nachdem die Familie weggegangen ist. Nach und nach. Erst die Mutter mit den Kindern. Dann der Vater. Nur der Alte ist im Haus geblieben, weil er so schlecht gehen konnte und nicht verstanden hat, warum die Familie verschwinden will, aus dem Dorf. Das Dorf, das doch seine Heimat ist. Der Alte hat entschieden zu bleiben

mit der Katze, und der Sohn hat gesagt: »Na, dann bleibst du eben hier und stirbst für dich allein.«
Und der Alte hat sich ins Pflegebett gelegt und aufs Sterben gewartet. Die Katze, eine kleine rote, ist zu ihm hochgesprungen. Hat sich neben ihn gelegt, damit er nicht einsam sterben muss. Paul überlegt, ob die Katze vielleicht noch da ist. Ob sie noch im Pflegebett liegt, weil sie den Alten nicht alleine lassen will. Auch nicht, obwohl er schon lange tot ist. Ob er sich an sie heranpirschen könnte, sie streicheln und füttern, und sie dann mit sich nehmen würde. Damit sie nicht so alleine ist. Paul stellt sich vor, wie er in das Zimmer mit dem Toten und der Katze schleicht. Wie er dem Toten ein Stück Stoff über das Gesicht legt, damit er seine Ruhe hat. Wie er die dürre Katze auf den Arm nimmt und sie aus dem Zimmer trägt. Vielleicht sollte er versuchen, die Katze zu retten, schießt ihm durch den Kopf. Aber dann denkt Paul, dass die Katze nach dem Tod vom Alten bestimmt ihren eigenen Weg gegangen ist. Dass sie jetzt wild an einer der Auen in der Umgebung lebt und Mäuse fängt. Er dreht sich weg vom Fenster und beginnt, den Garten zu durchsuchen. Dort findet er einen Stein, der groß genug ist.

2

Der Großvater hört Musik, manchmal die ganze Nacht durch. Wenn er denkt, dass Spes fest schläft. Im Wohnzimmer hat er Schallplatten, die schon ganz alt sind. Die legt er auf und dreht immer lauter, umso später es wird. Dann kann Spes die leiernden Stimmen hören, die sich mit der Gitarre begleiten. Manchmal singen Frauen ganz hoch und ziehen die Töne lang. Das müssen Freundinnen vom Großvater gewesen sein, sonst würde er sich das nicht anhören. Das klingt so schräg. Wenn man Freundinnen hat, macht man Sachen, die man sonst nicht machen würde. Das hat der Großvater mal zu Spes gesagt. Der Großvater hat für eine Freundin mal ein Haus umgebaut und für eine andere ganz viel Geld organisiert und für eine weitere überall angerufen, damit sie eine Arbeit findet. Aber die Freundinnen sind dann verschwunden irgendwann und haben ihm nur die Schallplatte mit ihren Stimmen dagelassen, glaubt Spes. Spes würde auch andere Sachen machen, wenn sie Freundinnen hätte. Dann würde sie in einem See schwimmen gehen oder Fahrradfahren lernen. Egal, ob dann ihre Haut abblättert und sie nur in Fleisch und Blut daliegt im Wasser. Und jede Welle einen Muskel vom Gerippe wischen würde. Bis sie nur noch ein Skelett ist. Für eine Freundin würde Spes das machen. Und das Beste wäre, dass die Freundin durch den See tauchen würde, um die Muskeln wieder einzufangen, und sie nach dem Schwimmen an Spes' Körper setzen würde. Vielleicht würde Spes auch hohe, schiefe Lieder singen, die sich die Freundinnen anhören würden. Spes hat keine Freundinnen, weil sie der einzige Schmetterling in der Umgebung ist. Und Schmetterlinge passen nicht so gut zu anderen Kindern. Und die anderen Kinder schlafen ja auch die ganze Nacht und sind nicht wach, so wie Spes. Weil die anderen Kinder in die Schule gehen. Und nicht Aufgaben mit dem Großvater machen. Der Großvater kann die Aufgaben besser als Spes. Deshalb sagt er ihr die Lösungen, wenn es ihm zu lange dauert. Und manche Aufgaben findet der Großvater blöd, und dann muss Spes sie nicht machen. Und manche Tage findet er nicht geeignet zum Aufgabenmachen und dann darf Spes keine Aufgaben machen. Manchmal denkt Spes, dass Schmetterlinge eigentlich auch in die Schule gehen könnten. Zu Hause ist sie ja auch der einzige Schmetterling. Und irgendwo müssen Schmetterlinge doch das Fliegen lernen. In der Siedlung gibt es eine Schule. Morgens sieht Spes die Kinder mit den Fahrrädern an ihrem Fenster vorbeifahren. Ganz schnell, weil sie sonst zu spät kommen. Und nachmittags fahren sie ganz langsam. Machen Schlenker und Umwege. Bleiben an der Bank vor dem Zaun stehen und essen heimlich Süßigkeiten. Spes hat schon mal eine Radtour mit dem Großvater gemacht. Da sitzt sie im Kindersitz auf dem Gepäckträger und der Großvater eiert durch den kleinen Wald und fragt ständig:

»Hast du Hunger?«, »Hast du Durst?«, »Ist dir schlecht?«
Aber Spes hat weder Hunger noch Durst noch ist ihr schlecht. Einmal hat sie ein bisschen Angst, als der Großvater die Kurve fast verpasst und sie nur knapp an einem Busch entlangschlittern. Und dann, als der Großvater die Kontrolle über das Fahrrad verliert, es wankt, sie fallen, hat Spes Herzrasen. Und aufgerissene Haut. Und Schmerzen, für die das Wort Schmerzen eigentlich zu klein ist. Und einen panischen Großvater, der sie hochnimmt, zur Straße rennt, Passanten anbrüllt, damit sie einen Krankenwagen rufen.
Die Musik aus dem Wohnzimmer wird lauter. Gleich kommt das Lieblingslied vom Großvater. Da singt er sogar mit. Das singt auch nicht nur eine Person alleine, sondern ein Chor. Das Lied ist ganz einfach. Spes lauscht. Es erklingen die letzten Akkorde von dem englischen Lied, dann gibt es eine kurze Pause, und es geht los. Der Großvater singt:
»Sag mir, wo du stehst, sag mir, wo du stehst, sag mir, wo du stehst und welchen Weg du gehst.«
Und Spes singt leise, ganz leise, damit der Großvater es auf keinen Fall hört und merkt, dass sie nicht schläft:
»Sag mir, wo du stehst, sag mir, wo du stehst, sag mir, wo du stehst und welchen Weg du gehst.«

3

Von oben müssen die Lichtpunkte aussehen wie kleine Sterne, denkt Mirjam und schaut zu den Balkonen der Hochhäuser, die den Platz umzingeln. Straßenarme münden in dem Platz. In den drängen sich noch mehr Menschen. Sie halten ihre leuchtenden Handys in die Höhe. Die Laternen sind erloschen. Ein Baum mit breiten Ästen wiegt sich im Wind. Sonst ist da kein Grün, sonst ist da nur das Gelb der Flutlichter, die auf die rote Häuserwand gerichtet sind. Die Wand hat einen Vorsprung aus nacktem Beton. Darauf stehen Lautsprecherboxen wie Türme, drei Männer und zwei Frauen. Sie halten Mikrofone in der Hand und brüllen in diese hinein. Ihre schallende Wut hallt über den gesamten Platz.

Die Abendwärme staut sich zwischen den Menschen, die vor Enge keinen Schritt machen können. Mirjam kann nur ihren Hals recken und spüren, wie eine Schulter sich in ihren Arm bohrt und ein Ellbogen in ihren Bauch sticht. Das Rufen hallt in ihren Ohren nach. Der Gesang ist wütend. Die Masse drückt sich näher an den Vorsprung aus Beton. Mirjam beobachtet die Frau, die dort steht und in das Mikro brüllt. Sie ist keinen Moment still. Vielleicht kann sie ihren Mund nicht mehr halten, weil sich so viel in ihr angestaut hat, denkt Mirjam. Am Rand des Platzes stehen Uniformierte und filmen die Frau. Aber die ruft trotzdem: »Das Volk will den Sturz des Regimes!«

Das ist Sima, denkt Mirjam. Und die Menschen auf dem Platz mit den weißen Handylichtern, die aussehen wie Sterne, jubeln. Hinter Mirjam bildet sich ein Kreis, in dem getanzt und gesungen wird. Und vorsichtig wird gefeiert, dass sie bald kommen wird: die Revolution.
Mirjam sieht eine alte Frau mit einem schwarzen Kopftuch. Auf ihre Wangen hat sie das Symbol der Revolution gemalt. Der Mann hinter ihr hält ein Kind auf den Schultern, das still umherguckt. Eine Frau mit hellbraunen Haaren hat die Fahne um die Schultern gebunden und redet wild ein auf den Mann neben ihr, der schaut zu den Uniformierten und weiß: Nicht mehr lange, dann greifen sie ein.
Das gelbe Scheinwerferlicht und die Sterne aus weißem Handylicht lassen den Platz weich wirken. Beim Schwenken der Fahne klimpern die Armreifen von einer jungen Frau mit Kopftuch. Mirjam findet: Das klingt wie eine Melodie. Der Himmel ist schwarz. Das Licht reicht nur für den Platz, für nichts sonst. Bela lässt Mirjams Arm los. Zum Fotografieren braucht er beide Hände. Mirjam bleibt, wo sie ist.

4

Wenn er unvorsichtig ist, schneidet ihn das Glas. Paul windet sich durch die eingeschlagene Scheibe. Spürt, wie seine Jacke an den Scherben hängen bleibt. Er bewegt sich noch langsamer und setzt den ersten Fuß ins Wohnzimmer. Auf dem dunklen Parkett liegt Staub, auf dem Paul fast ausrutscht. Behutsam zieht er das zweite Bein hinterher und hört, wie es an seiner Jacke ratscht. Als er sicher im Wohnzimmer steht, sieht er, dass die Jacke aufgerissen ist und das Innenfutter nach außen quillt. Im Raum ist es dunkel. Paul drückt auf den Lichtschalter. Nichts passiert. Es bleibt, wie es ist. Er wartet einen Moment. Seine Augen müssten sich schnell an die Dunkelheit gewöhnen. Draußen ist es auch nicht viel heller. Paul geht zu dem Fernsehsessel, der in der Ecke steht, und berührt ihn. Das Leder ist porös. Fühlt sich an wie das Leder auf den alten Kissen in seinem Baumhaus. Paul setzt sich in den Sessel. Denkt einen kurzen Moment an die ganzen Tierchen, die sich im Sessel eingenistet haben werden. Denkt kurz daran, wie er Läuse hat mit acht. Es juckt am ganzen Körper. Paul hält das aus. Paul denkt ans Baumhaussitzen. An die Autobahn, die hinter der Lärmschutzwand verläuft. Das Rauschen, das lauter wird, wenn ein Fahrzeug das andere überholt. Das dunkle Hupen der LKW, das Schmettern bei den Auffahrunfällen. Vom Baumhaus kann Paul die Autobahn nicht sehen, kann sie nur hören und lauscht. Manch-

mal den ganzen Nachmittag, wenn es warm genug ist und seine Mutter schon in der Kneipe und der Vater noch nicht zurück ist aus dem Büro. Paul holt sich eine Limo aus dem Keller und trägt sie wie einen Schatz ins Baumhaus. Die Flasche ist kühl. Er hält sie sich an die Wange. Hört, wie die Kohlensäure hochsprudelt. Wie sie knistert. Paul ist schön warm.
Er schläft im Sessel ein. Auf dem Leder, auf dem so lange niemand mehr saß. In dem Haus, in dem niemand mehr lebt. Außer ihm.

5

Achura versucht, die Augen zuzuhalten. Aber die Lider schnellen immer wieder hoch. Sie starrt ins Dunkel. Im Bett ist es kalt. Achura liegt zusammengekauert unter der Decke. Die wird nicht warm, auch nicht von der Körpertemperatur. »Lass locker«, flüstert Achura dem Körper zu. Aber der hört nicht. Achura steht auf und knipst das Licht an. Wenn ich eh nicht schlafe, kann ich auch arbeiten, denkt sie und atmet tief durch, bevor sie anfängt.

TAG

1

Das Duschen tut gut, findet Mirjam. Warmes Wasser fließt in einem dünnen Strahl an Mirjam hinunter. Es wäscht die Nacht und den Flug ab. Mirjams Beine sind vom langen Stehen auf dem Platz müde. In Mirjam hallen der Lärm und das Schreien nach, der Moment, als die Uniformierten kommen, um den Protest aufzulösen. Das Schlagen der Schritte. Das Gewühl, in dem das Kind anfängt zu heulen. Bela, der stolpert, und Mirjam, die ihn auf die Beine zieht. Der Sicherheitsmann, der einfach nur dasteht und nichts macht. Der auf niemanden zugeht und der keinen Befehl ausführt. Der an der Wand steht und zuguckt. Mirjam denkt an seinen neutralen Blick, der aussieht, als hätte er mit nichts etwas zu tun. Als wäre er zufällig da und als würde er ohne Grund die Uniform tragen.
Ab da wird Mirjams Erinnerung bruchstückhaft. Sie sieht nur noch fragmentartig, wie die Demonstrierenden von den Uniformierten gepackt und an die Wände gedrückt werden. Wie die weißen Handylichter verschwinden und das Tanzen vorbei ist. Wie alle die Straßen hoch, weg vom Platz, weg vom Stern, davonrennen. Mirjam, die mitrennt und nicht weiß, wohin.

Bela, der stehen bleibt, um den Uniformierten, der mit dem Rücken zur Wand steht, zu fotografieren. Der sich von Bela abwendet, zögert, innehält und dann auf eine Frau zustürmt. Der zieht er am Arm und nimmt sie fest. Der reißt er die Hände auf den Rücken und legt Handschellen darum. Und schaut noch einmal zu Bela. Bela macht kein Foto mehr an diesem Abend.
Mirjam stellt das Wasser aus, trocknet sich ab und stellt die Klimaanlage an. Sie surrt, pustet kalte Luft in den Raum. Der Herbst kommt dieses Jahr spät in dieses Land und fühlt sich fast noch an wie Sommer. Mirjam hat noch nicht ausgepackt. Ihr Koffer liegt geöffnet auf dem Boden. Sie sucht sich Kleidung raus: Eine braune Hose und ein braunes Oberteil. Einen Schal, den sie sich um den Kopf binden kann, wenn es nötig ist.
Mirjam setzt sich auf den Boden. Der ist aus dunklen Fliesen und so sauber, dass sie sich spiegeln kann. Vor dem Fenster hängen leichte Vorhänge, die schwingen im Klimaanlagenwind. Mirjam starrt auf die hellbeige gestrichene Wand. Die ist ein bisschen dreckig und mit Schuhabdrücken nah an der Leiste versehen. Vor Mirjam taucht die Nacht wieder auf. Das Gesicht der alten Frau, die Stimme von Sima, auf der Bühne. Mirjam nimmt ihr Notizbuch hervor und will schreiben. Sie weiß aber noch nicht, was.

2

Paul ist nicht der Erste, der auf dem Sessel übernachtet hat. Nicht der Erste, der eingebrochen ist. Im Morgenlicht erkennt Paul Graffiti an der Wand. Pinke Palmen und Kürzel in Grün. Der Fernseher ist eingeschlagen. Der Bildschirm zersplittert. In der Ecke stehen leere Konservendosen und ein Gaskocher. Die Tapete mit dem aufgedruckten Wald ist zerrissen. Auf dem Boden liegen Zeitungspapier und Abfall. Daraus hat sich jemand vielleicht mal eine Decke gemacht. Paul überlegt, wie viele Menschen hier geschlafen haben. Ob es mehrere Nächte derselbe war oder in einer Nacht mehrere Personen. Oder ob jemand sich hier für länger eingenistet hat und einmal Freunde dahatte. Die Art, wie die Konservendosen nebeneinanderstehen, spricht eher für einen. Für einen mit einem Hund. Für einen, der so wie Paul unterwegs ist und nachts irgendwo unterkommen musste. Oder für einen Jugendlichen aus dem Nachbardorf, der von zu Hause abgehauen ist. Der es mit seinem Hund bis hierher geschafft hat und so lange geblieben ist, bis die Nachbarschaft bemerkt hat, dass in dem leeren Haus jemand ist.

Wie lange wird es dauern, bis Paul entdeckt wird? Paul steht auf. Seine Haut juckt. Er denkt an das Ungeziefer, denkt an seine Hände. Die sind noch nicht verheilt. Die Kruste spannt, als er die Finger ausstreckt. Sie wird abbröckeln, bei der ersten Anstrengung. Paul überlegt, ob er sich umsehen soll im Haus. Ob er das darf. In einem Haus, in dem niemand mehr lebt, kann man machen, was man möchte, oder nicht? Da könnte Paul losziehen und in jede Schublade schauen, nachsehen, ob im Badezimmerschrank noch ein Rasierpinsel ist. Ob die Badewanne verwüstet ist. Ob dort mal Feuer gemacht wurde von den Einbrechern. Paul könnte schauen, ob er irgendwo ein Fotoalbum mit einer Familiengeschichte findet. Mit Geburtstagsbildern in unterschiedlichen Besetzungen. Da wird ein alter Mann mit seiner bestimmt zweiten Frau vor einem Weihnachtsbaum abgebildet sein. Die Frau hat blondierte Haare und trägt ein enges Kleid. Und neben ihnen stehen der Sohn aus erster Ehe und die Tochter des Alten mit Mann und Kind. Der andere Sohn, der, der mit einem Mann zusammenlebt, ist nicht da. Er ist nicht mehr eingeladen worden zu Weihnachten. Diesen Sohn sieht man zwei Seiten weiter in dem Album aus dunklem Papier. Da machen sie einen Spaziergang an einem Ententeich. Da sind der Sohn und sein Partner und der Alte und lachen und sehen verzerrt aus. Von der ersten Frau, der Mutter der Kinder, gibt es keine Spur. Wahrscheinlich hat sie ihn verlassen. Die zweite Frau des Alten ist verstorben. Es gibt ein Geburtstagsfoto von ihr. Auf dem sieht sie grau und schwach aus. Da ist sie ganz dünn und der Alte steht nah neben ihr. Sie hat ein Baby auf dem Arm. Das ist von der Tochter vom Alten. Und alle denken: Wie schön, dass sie die Merle noch kennengelernt hat. Dann endet das Fotoalbum auf einmal. Weil alles kaputtgegangen ist nach

dem Tod der Frau. Weil es nur noch Streit gab, an allen Ecken und Enden, und der Alte alle ganz plötzlich gehasst hat. Der Alte ist abgerutscht, total abgerutscht. Er ist gemein geworden und niemand konnte ihm mehr helfen. Bis er im Pflegebett lag und tot war.
Paul braucht sich nicht umsehen im Haus. Paul weiß schon alles. Weiß, dass die Kleider der Frau noch im Schrank hängen. Dass nur einige davon auf der Treppe verteilt sind, weil der Jugendliche aus dem Nachbardorf sie angezogen und darin vor dem Spiegel posiert hat. Paul weiß, dass da Asche in der Badewanne ist, weil der Jugendliche ein paar von ihren Büchern verbrannt hat, damit ihm wärmer wird. Dass er damit fast das ganze Haus abgefackelt hat. Aber rechtzeitig löschen konnte, weil damals das fließende Wasser noch ging.
Paul hat Hunger. Und weiß, dass in der Vorratskammer im Keller noch ein paar Konserven sind. Aber die beulen sich nach außen und sind verdorben. Seit fast zehn Jahren.
Deshalb braucht Paul es unten gar nicht zu versuchen. Und wahrscheinlich sind da auch Ratten, die ein paar der Dosen aufgebissen haben und jetzt tot herumliegen. Tote Ratten hat er zur Genüge gesehen. Die gibt es auch im Keller der Kneipe seiner Mutter. Da liegen sie übereinander herum. Weil der aggressive Hund, den die Mutter irgendwann einschläfern lassen hat, nachdem er nach Pauls Bein geschnappt hat, so gerne Ratten totbeißt. Die Mutter zieht sich Plastikhandschuhe an und stopft die Tiere fluchend in einen

Sack, bevor sie sie in den Müllcontainer wirft. Manchmal hat Paul in die Augen der Ratten geschaut. Und ihre Tasthaare betrachtet. Da hat er sich ganz nah an den Tote-Ratten-Stapel gesetzt, sich eine rausgesucht und sie mit einem Stöckchen angepikst. Getestet, ob sie echt tot ist. Tote Ratten gucken erschrocken. Weil sie merken, dass sie verloren haben. Tote Ratten sind nicht eklig, nur an der Stelle, an der sie geschnappt wurden, vom Hundegebiss. Da liegen sie offen, da quillt das Innere heraus. Wie die Füllung aus dem zerschlissenen Leder. Paul muss weg. Weiter.

3

Die Ärztin lächelt Spes an. Holt die Schere und setzt sie an den Verband. Die Hände müssen kontrolliert werden und auch der Rücken. Spes muss komplett angeschaut werden. Spes' Haut im Gesicht brennt. Weil sie geweint hat, und Tränen scheuern immer alles auf. Weil sie salzig sind und aggressiv. Weil Tränen nur kommen, um alles schlimmer zu machen. Immer dann, wenn Spes' Haut eh schon schreit und so schmerzt, dass Spes nur noch liegen kann und die Augen zusammendrückt und den Mund aufmacht. Die Haut hat keinen eigenen Mund, deswegen nimmt sie sich Spes' und schreit dann durch ihn. Und wenn das der Haut noch nicht reicht, nimmt sie sich noch die Augen und schickt Tränen. Manchmal ist der Körper gemein, findet Spes.

Einmal hat Spes die Ärztin gefragt, ob sie ihr alle Tränen mit der Spritze herausziehen kann, damit die für immer weg sind. Da hat die Ärztin sie traurig angelächelt und gesagt:

»Das geht leider nicht.« Das sagt die Ärztin zu fast allen von Spes' Vorschlägen. Und der Großvater sagt zu allen Vorschlägen der Ärztin: »Das möchte ich nicht. Das ist ein zu großer Eingriff.«

Vorsichtig löst die Ärztin den Verband. Spes kann nicht gut sehen, wie es darunter aussieht. Die Augen sind noch nass und lassen alles verschwimmen. Spes sieht nur ganz viel Rot und ein bisschen Braun. Gar kein Rosa mehr. Spes ist einfach nicht rosa. Da, wo tiefe Löcher sind, ist es braun. Da, wo der Verband um die Haut war, flammend rot.

Ich bin doch ein Feuervogel. Nicht mehr lange, dann gehe ich in Flammen auf, denkt Spes. Sie stellt sich vor, wie sie auf der Untersuchungsliege sitzt, so wie jetzt. Auf dem Dunkelgrün, auf dem eine Papiermatte liegt, und dann ganz plötzlich in Flammen aufgeht mit einem Zisch und weg ist. Hochgefahren in die Luft zu den anderen Feuervögeln, mit denen fliegt sie herum und macht Gewitter. Die Ärztin kann nur verdattert gucken und der Großvater auch und der schreit dann panisch: »Ihre Augenbraue! Ihre Augenbraue!«

Weil die Augenbraue der Ärztin bei Spes' Abflug Feuer gefangen hat und sie sie dringend löschen muss.

Die Ärztin zieht die letzte Verbandsschicht ab. Für Spes fühlt es sich an, als würde die Haut mit abreißen. Aber die ist dageblieben. Die liegt um die Hand. Um die Finger. Macht daraus einen Klumpen. Der ist überzogen von einer neuen Schicht Haut. Spes kann ihre Finger darunter sehen. Die drücken sich eng aneinander. Nur der Daumen ist etwas abseits. Der ist einsam, denkt Spes und will ihn zu den anderen Fingern ziehen. Das geht nicht. Die Haut hat alles starr gemacht.
Spes sieht, dass die Ärztin vorsichtig sein will und mit ihren Plastikhandschuhen sanft über die Hand fährt. Aber die Haut will nicht angefasst werden. Die schreit gleich wieder. Das hätte Spes der Ärztin auch vorher sagen können.
»Ich muss mir leider deine Hand anschauen, Spes. Du musst jetzt tapfer sein.«
Spes mag Tapfersein nicht. Das ist nur was für Figuren in Filmen oder Büchern. Zu denen passt das. Für die ist Tapfersein aber auch was anderes. Die müssen einen Fluss überqueren und dafür auf einem Holzstamm balancieren. Oder die müssen tapfer sein, weil sie durch einen dunklen Wald laufen, in dem die Augen von Uhus aufblitzen. Mit solcher Tapferkeit hat Spes kein Problem, und Spes ist auch tapfer. Nur ihre Haut eben nicht.
Die andere Hand sieht genauso aus. Zwillingshände. Das hatte Spes noch nie. Bei ihr sieht sonst jeder Körperteil anders aus. Auch die, die es doppelt gibt. Die unterscheiden sich normalerweise in der Farbe und

darin, wie offen sie sind oder wie entzündet, oder darin, wie viel zusammengewachsen ist. Spes' Füße sind ganz unterschiedlich. Links ist alles zusammengewachsen und rechts nur zwei Zehen. Das macht zwei komplett andere Füße.
»Bei Spes hatte das Universum Experimentierlaune«, lacht der Großvater manchmal, wenn Kinder Spes im Garten sehen und fragen.
Die Ärztin guckt auf Spes' Hände, hält sie nebeneinander, vergleicht sie.
Da müsste man dringend etwas machen.

4

Ein kühler Wind weht in Mirjams Gesicht. Die Straßen im Viertel sind verwinkelt. Eng stehen die Häuser aneinander. Die asphaltierte Straße wird von den parkenden Autos fast komplett versperrt. Bela bleibt stehen und fotografiert. Mirjam tastet mit den Augen die aufeinandergetürmten Häuser ab. Die sind alle nicht älter als dreißig, vierzig Jahre. Stromleitungen überspannen die Straße, winden sich um Regenrinnen und enden verwebt mit anderen Kabeln in den Häusern. Vorhänge baumeln an der Außenseite der Fenster und sollen die Sonne abhalten, die in dieser Jahreszeit schwächer scheint. Über der Kreuzung hängen alte Fahnen. Vielleicht hängen die da nur noch, weil alle, die hier wohnen, sie nicht mehr wahrnehmen, denkt Mirjam und geht neben Bela weiter. Sie lauschen, ob sie irgendwas hören. Das Viertel ist still. Mirjam schaut auf den Zettel, auf den Sima gestern ihre Adresse gekritzelt hat. Noch eine Straße runter, dann sind sie da.

5

Paul muss essen. Wirklich. In dem Dorf gibt es nichts. Keine Bäckerei und keinen Supermarkt. Kurz stellt er sich vor, an einer der Türen zu klopfen und nach Essen zu fragen. Aber so was macht man nur im Krieg. Paul läuft aus dem Dorf hinaus und hofft, dass irgendwo das nächste kommt. Er hat kein Schild mit Ortsnamen oder Entfernungsangaben der nächsten Städte gefunden. Er hört nur: Irgendwo rauscht eine Autobahn.

6

Sima sieht genauso angespannt aus wie gestern, als sie auf dem Betonvorsprung stand und ins Mikrofon gebrüllt hat, findet Mirjam. Sima trägt eine weite Hose. Darin steckt das melierte Top. Auf ihren Schultern prangen rechts und links zwei tätowierte Flügel. Sima

lächelt, als sie Mirjam sieht, und tritt zurück. Sie lässt Bela und Mirjam eintreten. Bela hält sich zurück. Mirjam kann leichter Gespräche führen als er, und Mirjam fühlt sich nie fremd. Vielleicht weil sie die Sprache so viel besser spricht. Die hat sie von Achura gelernt.
Die Wohnung, durch die Sima die beiden führt, ist eng. Es gibt einen Flur, von dem drei Zimmer abgehen: zwei Schlafzimmer und eine Küche. In einem der Schlafzimmer liegt Simas Mutter.
»Sie ist krank«, sagt Sima. »Seit Jahren.«
Mirjam nickt, und Sima öffnet die Tür zum anderen Schlafzimmer. Das ist ihr Zimmer, in dem lebt sie, seit sie ein Kind ist. Aus diesem Zimmer kann sie auch nicht ausziehen, nicht in dieser Situation, nicht in dieser Krise.
»Die Krise lässt uns alle Kinder bleiben«, lacht Sima bitter. »Aber immerhin sind wir kämpfende Kinder.« Simas Augen funkeln.
Die Küche ist relativ groß, findet Mirjam. Am eckigen Tisch am Fenster sitzt Simas Vater. Er steht auf, um die Gäste zu begrüßen. Er lächelt warm.
Auf der Fensterbank stehen eine Marienfigur, ein Petrus aus Stein und eine Plastikrose in einer Vase. Das Fenster ist aus Milchglas, der Tisch mit einer Wachstuchtischdecke überzogen.
Um den Tisch passen drei Stühle, einer davon ist ein Bürostuhl, auf den sich Bela vorsichtig setzt. Mirjam bleibt stehen und bietet Sima Hilfe beim Teekochen an.

»Du bist der Gast, du kochst doch keinen Tee!«, spielt Sima empört.
Mirjam lehnt sich an die Wand und schaut aus dem Fenster. Draußen brettert ein Moped vorbei.
»Warum sprichst du die Sprache?«, fragt Sima und sucht Tassen hervor, die sie auf den Tisch stellt. Das sind die guten, die für sonntags, erkennt Mirjam gleich.
»Die hat mir meine Freundin beigebracht. Ihre Eltern sind hier aufgewachsen.«
»Sind die im Bürgerkrieg gegangen?«
»Ja.«
»Und jetzt, vermissen sie dieses Land?«
»Sie sind schon gestorben.«
»Und deine Freundin, vermisst sie das Land?«
»Hm. Ich glaube nicht. Sie war hier nur ab und an zu Besuch. Würdest du das Land vermissen, wenn du gehen würdest?«
»Ich werde nicht gehen. Egal, was kommt.«
»Du bist so sicher?«
»Ja.«
Sima geht zum Waschbecken. Es gibt zwei Wasserhähne. Zwei Anschüsse. Sima dreht an einem der Wasserhähne.
»Das ist der staatliche«, erklärt sie. »Für diesen Anschluss müssen wir jeden Monat bezahlen.«
Aus der Leitung kommt kein Wasser. Deshalb dreht Sima den zweiten Anschluss auf. Ein dünner Strahl Wasser ergießt sich in den Wasserkocher.
»Und das ist der private Anschluss. Für den bezahlen

wir auch noch. Den staatlichen können wir nicht abbestellen. Den müssen wir weiterbezahlen. Auch, wenn er uns nichts bringt.«
Sima stellt den Wasserkocher an und schaut dabei zum Kühlschrank. Auf dem kleben Fotos, die sie als Kind zeigen, als Jugendliche und ihre Familie vor einem Haus auf dem Land. Sima reißt das Kinderbild von sich, auf dem sie mit einer Flagge in der Hand zu sehen ist, vom Kühlschrank und hält es Mirjam entgegen
»Daran habe ich geglaubt als Kind. Da haben wir alle dran geglaubt«, sagt sie und deutet auf die Flagge.
Mit dem Bild in der Hand geht sie zu Bela und stellt sich vor ihn hin, damit er ein Foto von ihr macht. Während er den richtigen Bildausschnitt sucht, zerreißt sie das Bild so, dass sie und die Flagge getrennt voneinander sind.
»Früher dachte ich, das sei Patriotismus. Das ist jetzt vorbei.«
»Warum?«, fragt Mirjam und hält Sima die Tassen hin, damit sie das heiße Wasser über die Beutel gießen kann.
»Weil die uns alleine gelassen haben. Im Bürgerkrieg haben sie uns alles Mögliche versprochen, aber jetzt sind das machtlose Idioten und korrupt.«
Simas Vater nimmt die Teetasse hoch. Der Dampf zieht in seine Augen. Sie sind braun und tief. Er ist ruhig. Anders als Sima, die immer in Bewegung ist und an ihren Armbändern mit aufgefädelten Holzperlen spielt.

»Ich habe auch in der Miliz gekämpft«, sagt Simas Vater. »Damals, im Bürgerkrieg. Jeder hat für sie gekämpft. Hier, in diesem Viertel, ging der Bürgerkrieg los, wir mussten uns verteidigen.«
Er inhaliert die Teedämpfe und schließt einen Moment die Augen. Mirjam betrachtet ihn. Seine Arme sind dünn. Den Hals und den Kopf kann er nur schwer halten. Seine Wangen sind eingefallen. Vorsichtig führt er die Tasse zum Mund und testet mit den Lippen, ob der Tee noch zu heiß ist. Er pustet.
»Wir haben an die Miliz geglaubt, das ist doch klar«, fährt er fort.
»Auf welcher Seite sollten wir sonst sein? Es ging doch schließlich darum, dass wir überleben konnten. Und das haben wir erreicht. Dieses Viertel ist unser Viertel geblieben. Ohne die Miliz wäre es schlimmer geworden.«
»Aber Helden sind das trotzdem nicht«, ruft Sima.
»Nein, keine Helden«, stimmt ihr Vater zu. »Aber das habe ich auch nicht gesagt. Vielleicht waren wir einmal Helden. In der Situation von damals war es leicht, ein Held zu werden. Aber wie das immer so ist, ist es fast unmöglich, ein Held zu bleiben. Die Anführer der Miliz sitzen jetzt im Parlament und sind so korrupt, dass hier kein fließendes Wasser mehr ankommt und es keine guten staatlichen Schulen mehr gibt.«
»Was wünschen Sie sich für das Land?«, fragt Mirjam.
Er überlegt eine Weile und sagt dann: »Ich wünsche mir, dass es anders wird und neu. Dass das, was wir

uns beim Bürgerkrieg erträumt haben, wahr wird. Aber wünschen hat noch nie etwas geholfen.« Er zuckt die Schultern und schaut zu Sima. Glühend fängt sie seinen Blick auf und sagt scharf: »Schlimmer als jetzt kann es doch gar nicht werden. Was soll noch für eine Katastrophe kommen? Ich kann mir keine vorstellen.« Mit beiden Händen umklammert sie ihr Glas. Es ist von innen beschlagen und sieht genauso milchig aus wie die Scheibe.

7

Um Spes' Körper ist kein Kokon mehr. Um Spes' Körper ist jetzt ein Panzer. Der ist weiß, genau wie der Kokon, nur viel fester. Die Ärztin hat gesagt, dass es nicht anders geht, und hat dann das Zimmer verlassen, um mit dem Großvater zu reden. Jetzt kocht der Großvater in der Küche Tee. Es scheppert. Heute fällt dem Großvater viel herunter. Spes ist müde, sie liegt in ihrem Panzer auf dem großen Sessel und ist in die Decke mit dem Rosenmuster eingewickelt. Der ist ganz weich und Spes kann in ihm versinken. Sie starrt auf die Fotos, die in der Fensternische hängen. Die hat der Großvater aus der Zeitung ausgeschnitten, weil er selbst darauf abgelichtet ist. Auf einem Foto steht er auf einem Podest und brüllt in ein Megafon. Der Großvater brüllt öfter Erwachsene an, weil er findet, dass sie nichts so gut verstehen wie er. Spes weiß nicht, warum so viele Leute nicht einsehen, dass der Großvater in so vielem recht hat, und warum sie nicht auf ihn hören. Seit Spes in dem Kokon ist, hört sie immer auf den Großvater. Und jetzt, da sie im Panzer ist, geht es gar nicht anders.

Spes weiß, dass früher, als der Großvater noch jung war, viele Menschen auf ihn gehört haben. Jetzt denken viele über den Großvater: Der ist ein bisschen durcheinander.

Aber der Großvater ist nicht durcheinander, findet Spes. Die Fotos sind mit Tesafilm an die Tapete geklebt. Spes muss ein bisschen suchen, weil der Großvater früher anders aussah. Auf dem Foto hat er lockige Haare, die nach oben abstehen, und ein Gesicht, das ist ganz glatt. Die Fotos sind so alt, dass es noch keine Farben gibt, die in den Fotoapparat passen, sondern nur Grautöne. Das Foto zeigt eine Skulptur auf einem Brunnen, die aussieht wie ein Mädchen, das eine Waage und ein Schwert in den Händen hält. Unter der Skulptur steht der Großvater mit einem Stab, an dem ein Banner befestigt ist. Den Stab am anderen Ende des Banners hält ein junger Mann, der verwirrt in die Kamera schaut. Spes findet, dass der andere Mann noch verrücktere Haare hat als der Großvater und dazu noch eine ziemlich seltsame Brille trägt. Um den Brunnen herum stehen ganz viele andere Menschen. Spes glaubt, dass sie jung sind, obwohl sie sich kleiden wie die alten Leute, die sie im Krankenhausfoyer sieht. Die anderen

Menschen auf dem Foto merken nicht, dass sie fotografiert werden, und schauen zur Seite. Einer trägt einen Anzug und darüber einen Mantel, eine Frau trägt eine gemusterte Strickjacke und eine Bluse. Sie hat dunkle Haare, die nach oben aufgetürmt sind. Auch sie hält ein Schild in den Händen. Spes will es lesen. Aber Spes kann noch nicht so gut lesen. Sie übt nicht so oft, weil der Großvater findet, dass sie zu krank ist. Früher hat der Großvater als Lehrer gearbeitet, deshalb muss Spes nicht in die Schule für Kranke. Eigentlich müsste Spes gut lesen können. Sie hat schon mit vier angefangen, es zu lernen, konnte dann aber nicht weiterüben, weil ihre Augen zugewachsen waren. Die Haut ist einfach drübergewuchert und hat alles so schwarz gemacht, dass Spes sich alles bunt träumen musste. Vielleicht war mein Buntgeträumtes manchmal schöner als das Echte, überlegt Spes.
Seit einigen Monaten sind Spes' Augen wieder frei, weil der Großvater nach etwas Zögern der Operation zugestimmt hat. Jetzt müsste Spes lesen können, aber sie liest nur langsam und nicht immer ganz richtig. Spes hangelt sich mit den Augen an den Buchstaben entlang. Da steht: »N-o-t-s-a-n-d«.
Spes überlegt, was Notsand ist. Warum die Frau Notsand möchte. Vielleicht, weil der Platz, auf dem sie ist, aus hartem Stein gepflastert wurde. Vielleicht will sie, dass Sand auf den Platz gestreut wird, damit man sich neben den Brunnen legen kann. Unter das Mädchen mit der Waage und dem Schwert.

Spes ist sich nicht sicher. Liest noch mal. Merkt, dass da »N-o-t-s-t-a-n-d« steht, dass Notstand schon was anderes ist als Notsand. Notsand findet Spes eigentlich besser. Das Wort Notstand macht ein bisschen traurig. Sie liest weiter: »n-u-r 5«, und dann kommt ein schräger Strich, der auf jeder Seite einen kleinen Kreis hat. Einen oben und einen unten. Vielleicht wollte die Frau etwas malen. Aufmalen, welche fünf gemeint ist. Die Frau konnte nicht so gut malen. Spes weiß nicht, was gemeint ist. Vielleicht soll das ein Mensch sein, der die Arme schräg macht und keine Beine hat, sondern einen Punkt. Oder der Strich soll eigentlich gerade sein und die eine Kugel runterrollen und die andere auf dem Boden liegen. Fünf Kugelbahnen. Nur fünf Kugelbahnen. Oder das ist ein missmutiges Gesicht, das liegt und das eine Auge unter der Lippe hat. Vielleicht geht es um Augenwanderkinder. Das ist eine Krankheit, die es bestimmt gibt. Kinder, bei denen die Augen nicht fest im Kopf sind, sondern im Gesicht umherwandern. Bis unter die Lippen, wenn es schlimm ist. Kann ja sein, denkt Spes. Ihre Krankheit kennen die meisten ja auch nicht. Wenn es Schmetterlingskinder gibt, kann es auch Augenwanderkinder geben. Spes liest weiter: »d-e-r S-t-u-d-e-n-t-e-n«, und fasst zusammen: »Notstand nur 5 Augenwanderkinder der Studenten –« Sie überlegt. Das mit den Augenwanderkindern stimmt vielleicht doch nicht. Vielleicht tut sie einfach so, als hätte sie den Schrägstrich mit den Punkten nicht gesehen. Da hat die Frau sich bestimmt einfach nur vertan.

»s-i-n-d A-r-b-e-i-t-e-r-k-i-n-d-e-r«
Also:
»Notstand nur 5 Studenten sind Arbeiterkinder.«
Das macht keinen Sinn, findet Spes. Kinder dürfen keine Studenten sein. Studenten sind Erwachsene, die weiter in die Schule gehen, hat der Großvater gesagt. Der Großvater hat auch gesagt, dass die Studenten früher noch was wollten und dass sie jetzt nur noch Laptops tragen und keine Bücher mehr lesen und ausschlafen wollen, anstatt etwas zu verändern. Die Frau hat sich vielleicht auch da verschrieben. Vielleicht meinte sie:
»Notstand, nur 5 Studenten haben Arbeiterkinder.«
Also Kinder, die den Studenten helfen. Die arbeiten gehen, solange die Studenten studieren. Im Fernsehen hat Spes einmal arbeitende Kinder gesehen. Die hatten Hände mit ganz tiefen Furchen, die aussahen wie die von alten Menschen.
»Studieren ist anstrengend«, sagt der Großvater. »Da muss man viel machen.«
Vielleicht wollte die Frau deshalb ein Kind haben, das arbeitet.
»Man kann nicht nur arbeiten, wenn man ein Kind hat, das geht immer schief«,
murmelt der Großvater manchmal leise.
Der Großvater hatte schon ein Kind beim Studieren.
Auf dem Foto sitzt der Großvater ganz eng neben einem anderen. Sie lachen beide. Der neben dem Großvater lacht noch breiter. Er trägt ein Hemd mit weißem

Kragen, die Arme stützt er auf den Knien ab. Vielleicht ist das der Knorpel. Als er noch nett war, überlegt Spes.

8

Achura knöpft die Bluse auf. Unter dem Stoff haben sich Schweißperlen gesammelt. Sie sitzen auf der dünnen Haut. Die offenbart jeden Knochen und zeichnet den Brustkorb ab. Mirjam sagt manchmal: »Wenn den Medizinstudierenden die Skelette ausgehen, kannst du ja einspringen.«
Mit dem Finger fährt Achura über die Schlüsselbeine. Die sind feucht. Sie windet sich aus der Bluse, wischt die Haut damit trocken. Sie muss sich umziehen, schnell. Sie hat mal wieder keine Zeit, sie müsste eigentlich schon weg sein. Die Veranstaltung beginnt in fünfzehn Minuten und sie braucht mindestens zehn mit dem Rad. Im Schrank hat sie Ersatzblusen. Weil sie immer so viel schwitzt. Beim Redenschreiben. Beim Tippen. Weil ihr manchmal die Gedanken explodieren und sie dann tippt und tippt und nicht mehr aufhören kann. Tippen kann wütend machen, tippen kann erleichtern und tippen kann neue Ideen bringen. Tippen führt dazu, dass Achura nicht mehr akzeptiert, wie es ist. Und wenn sie spricht, was sie getippt hat, führt das dazu, dass die anderen es ihr glauben. Achura ist nicht gut im Bedächtigtippen. Und

auch nicht im Bedächtigdenken. Und schon gar nicht in Vorsichtige-Andeutungen-machen-die-man-so-und-so-verstehen-könnte.
Achura ist gut in Klartext. Und von Klartext muss sie schwitzen.
Im Schrank hängt ein Spiegel. Achura schaut sich an. Sie ist ein bisschen rot an den Wangen und am Hals. Wenn Mirjam jetzt da wäre, würde sie mit den Lippen die roten Stellen nachfahren, danach in Achuras Augen schauen, ganz kess, und murmeln:
»Für eine Politikerin bist du ziemlich transparent.«
Achura denkt an Mirjams Schnurren. Daran, wie sie sich anschleichen kann, ganz leise, und sich anschmiegt. Wenn Mirjam ihren Kopf auf Achuras Schultern legt beim Tippen, klappt das mit dem Bedächtigsein viel besser. Dann kann Achura denken: Jetzt bin ich eine richtig gute Politikerin.
Im Schrank hängen eine rote Bluse und eine weiße. Achura hat mehr Lust auf Rot. Hat Lust auf Strahlen, auf Auffallen. Trotzdem nimmt sie die weiße Bluse. Weil man auch mal neutral sein muss.
Ohne die Bluse zuzuknöpfen, geht sie zum Schreibtisch, lässt sich auf den Bürostuhl fallen. Klickt auf Drucken und wartet darauf, dass der Drucker die Rede ausspuckt. Die ist ein bisschen zu intensiv, ein bisschen zu viel Klartext, merkt Achura beim Überfliegen. Hätte sie sich denken müssen, bei so vielen Schweißperlen. Aus der Schublade zieht sie den Bleistift. Wenn sie doch mit der Straßenbahn fährt und nicht mit dem Fahr-

rad, kann sie abmildernde Kommentare an den Rand schreiben. Die Rede ist eigentlich nicht schlecht. Die Rede ist eigentlich kein Problem. Nur im Zusammenhang mit dem Satz auf dem Herbstfest zu viel. Würde sich einfügen in eine Kontinuität, die Achura eigentlich nicht fortführen will. Sie knöpft die weiße Bluse zu und will aufstehen, bleibt aber sitzen. Sie öffnet ein neues Word-Dokument. Schreibt: »Hiermit entschuldige ich mich für meine Äußerung auf dem Herbstfest der Parteijugend am –«

Achura bricht ab und schaut auf ihre Uhr, erschrickt über die viel zu rasch verflogene Zeit. Schnell schließt sie das Dokument, ohne es zu speichern. Die Entschuldigung verschwindet. Braucht es Entschuldigungen ohne Anschuldigungen, überlegt Achura und merkt, dass die Bluse schief geknöpft ist. Denkt, dass sie ab morgen nur noch T-Shirts tragen will. Weiße T-Shirts mit einer Friedenstaube drauf. Fairtrade, bio und am besten secondhand. Dann kann niemand mehr was gegen sie sagen, niemand sie mehr angreifen und ihr Scheinheiligkeit oder Inkonsequenz vorwerfen, weil dass, was sie sagt, sich von dem, wie sie lebt, unterscheidet.

Achura schnappt die Rede, korrigiert die Bluse, nimmt die Tasche, möchte los, bleibt aber stehen. Sie hat was viel Besseres als die Rede, denkt sie. Etwas, das sie einfach erzählen kann im queeren Jugendzentrum, das die Partei unterstützt. Achura zerrt die Rede aus der Tasche, wirft sie in den Mülleimer. Denkt an den Röhrenbildschirm im Büro der Schulleiterin. Denkt an 2002 oder wann das war. Denkt an den Schulleiterinnenblick und daran, dass sie rote Flecken bekommt, als sie an dem großen Schreibtisch sitzt. Der Schulleiterin gegenüber, die hat ihre Hände aufgestützt und schaut Achura mit festem Blick an. Dem will Achura standhalten. Das hat sie sich vorgenommen. Wenn ich das nächste Mal wieder zur Schulleiterin muss, gucke ich nicht runter. Da schaue ich ihr die ganze Zeit in die Augen.

Achura trippelt nervös mit den Füßen. Knetet die Finger. Die sind schwitzig. Achuras Blick fällt nach unten, auf die Tischplatte. Die ist aus hellem Holz. Sieht aus wie von Ikea, hat nichts Erhabenes, nur was Praktisches. Das soll bestimmt flache Hierarchien symbolisieren und modern sein und zugänglich. Achura wird wütend, weil sie diese Tischplatte nie wieder sehen wollte. Weil sie diesmal wirklich zu Unrecht hier sitzt. Weil sie wirklich nichts falsch gemacht hat. Gar nichts.

»Achura, du musst mir jetzt wirklich sagen, was das sollte«, sagt die Schulleiterin scharf

und mustert Achuras Gesicht genau. »Was du da gerade berichtet hast, ist doch kein Grund. Du hast die Toiletten demoliert. Achura, hast du ein Aggressionsproblem? Brauchst du professionelle Hilfe?«

»Ich habe kein Problem. Leigh hat ein Problem, deshalb habe ich das gemacht. Und ich habe nichts demoliert. Ich habe nur ein Schild aufgehängt.«

»Du hast das Schild von den Lehrertoiletten abmontiert und ein anderes aufgehängt.«

»Ja.«

»Ja, und? Warum?«

»Habe ich doch schon gesagt. Weil Leigh nicht in der Schulzeit zur Toilette geht, weil es keine Toilette für Leigh gibt, und deshalb trinkt Leigh nichts und hat höllische Kopfschmerzen.«

»Im Schulgebäude gibt es ausreichend Toiletten. Linea könnte sie benutzen, wenn sie wollte.«

»Aber Leigh kann nicht auf die Mädchentoilette gehen, weil Leigh kein Mädchen ist. Und Leigh kann nicht auf die Jungentoilette gehen, weil Leigh kein Junge ist.«

»Achura, das geht dich nichts an. Wenn Linea keine Toilette benutzen möchte, ist das nicht dein Problem.«

»Doch, weil ich als Schülersprecherin ...«

»Achura, du musst lernen auseinanderzuhalten, was wichtig ist und was nicht. Wenn Linea in der Schule nichts trinkt, weil sie nicht auf die Toilette möchte, müssten ihre Eltern ihr ins Gewissen reden. Und da musst nicht du anfangen, das Schuleigentum zu demolieren.«

»Sie haben das nicht verstanden. Es geht um ein ganz anderes Problem.«

»Ich habe sehr wohl verstanden, dass Linea Kopfschmerzen hat.«

»Nein, das ist ja nicht der Punkt. Also, das ist ein Punkt, aber nicht das, worum es hier geht. Weil es bestimmt noch andere auf der Schule gibt, die sich weder als Mädchen noch als Jungen fühlen. Und deshalb brauchen wir –«

»Deshalb kannst du nicht die Lehrertoilette demolieren! Verstehst du das?«

»Das war ja nur eine Aktion zur Sensibilisierung. Ich habe schon hundertmal mit den Lehrkräften gesprochen, aber die haben nicht reagiert. Und dann habe ich gedacht, müssen die mal sehen, wie es ist, keine Toilette zu haben.«

»Es gibt Toiletten!«

»Aber nur für Mädchen und für Jungen.«

»Und für Behinderte! Die können wir ja aufschließen für alle Pubertierenden, die sich gerade nicht so sicher sind, was sie für ein Geschlecht haben!«

»Ist das Ihr Ernst?

»Ja, Achura, das ist der einzige Vorschlag, den ich dir machen kann.«

»Sie haben immer noch nicht verstanden, worum es geht. Es geht um –«

»Ich finde, es ist ganz schöner Unsinn, den du da redest. Es gibt keine Kinder, die keine Jungen oder keine Mädchen sind. Es gibt vielleicht Erwachsene, die lieber das eine oder das andere sein wollen. Transvestiten, die sich Frauenkleider anziehen, oder so. Aber so was haben und wollen wir hier nicht an der Schule!«

Achura bebt. Sie erträgt diesen Schulleiterinnenblick nicht. Erträgt nicht das Rumsitzen, erträgt nicht die Hände, die sich nur um sich selbst winden.

»Sie haben das längst an der Schule«, brüllt Achura. »Wenn Sie es ignorieren, hört es nicht auf, da zu sein!«

»Achura«, sagt die Schulleiterin, als wäre Achura ein kleines Kind, vergisst vielleicht, dass Achura schon sechzehn ist. Dass Achura so viel mehr weiß, dass Achura so viel mehr versteht als diese alte, alte Schulleiterin, die nicht mal Englisch kann, sondern nur Latein und Griechisch.

»Du musst lernen, dass du nicht jeden Krawall mit politischen Ideen rechtfertigen kannst. Ich muss sonst wirklich noch mal mit deinen Eltern sprechen. Wir hatten immer gute Erfahrungen mit Schülersprechern. Aber mit dir ist es ganz schön schwierig.«

»Normalerweise werden ja nur die braven Elitekids gewählt. Das ist Ihnen lieber, was?«

»Drück dich bitte vernünftig aus. So kann man kein Gespräch führen.«

»Wir führen eh kein Gespräch, weil Sie mir nicht zuhören.«

»Ich höre mir schon lange genug deinen Unsinn an.«

Achura zuckt die Achseln. Funkelnd schaut sie zur Schulleiterin. Die sitzt da wie eine Statue. So, als würde sich in ihr nichts bewegen.

»Kann ich gehen?«, murrt Achura leise.

»Wir haben noch nicht über die Kosten gesprochen, die durch deinen Vandalismus entstanden sind.«

Achura denkt an die achtzig Euro, die sie mit Zeitungenaustragen verdienen muss. Denkt daran, dass Leigh

nach der Zehnten von der Schule abgeht, dass Leigh kein Abitur macht und keinen Ausbildungsplatz findet. Denkt daran, dass sie vor Jahren das letzte Mal an Leigh gedacht hat und keine Ahnung hat, wie es Leigh geht.
Achura setzt den Fahrradhelm auf und überlegt, wie sie die Geschichte am besten erzählt. Sie schaut kurz auf ihr Handy, das zeigt an, dass eine neue E-Mail sie erreicht hat. Und plötzlich wird Achura schlecht, weil sie weiß, was für eine Art von Mail das sein wird.

9

In der Raststätte rauscht es von den vielen Stimmen, den Kindern, die heulen, den alten Leuten, die einen Streit anfangen, wegen ihrer Toilettengutscheine. Paul schaut dem Stofftier in die Augen. Die sind groß und glitzern. Sie nehmen fast den ganzen Stofftierkopf ein. Das Stofftier hat keinen Mund, keine Nase, nur Augen und einen Körper. Es ist pink. Es gibt das gleiche noch in Blau und in Gelb. Das Stofftier sieht erbärmlich aus, denkt Paul. Überlegt, ob er es streicheln soll. Es riecht nach Plastik, nach Acrylfasern. Das würde in seiner verletzten Hand brennen. Paul betrachtet die Wunde. Die ist immer noch nicht verheilt. Paul geht zum Getränkekühlschrank. Nimmt eine Dose Energydrink heraus und drückt sie an die verletzte Hand-

fläche. Das tut gut. Paul spürt, wie die Wunde pocht, als hätte sie ein eigenes Herz. Seine Mutter hat einmal gesagt: »Radieschen werden erst scharf, wenn man sie verletzt.«
Und zerhackt sie mit dem Messer. Paul steht neben ihr in der Küche der Kneipe und schaut zu, wie die Radieschen in Scheiben auseinanderfallen. Die Mutter bereitet Salat zu. Beilagensalat, der aus grünem Salat, Radieschen und Krautsalat besteht und in Essig und Öl ertränkt wird. Außer am Ende des Monats, da gibt es nur noch ein paar Tropfen. Die Mutter sieht beim Salatwaschen müde aus. Ihre Füße muss sie fest in den Boden drücken, sonst bricht sie zitternd zusammen. Das passiert manchmal. Dann muss Paul den Krankenwagen rufen. Der nimmt die Mutter für einen Tag oder für zwei mit, und er bleibt allein, hängt das Vorübergehend-geschlossen-Schild an die Tür und sucht sich was im Tiefkühlfach aus.

Paul geht zur Kasse, stellt sich in die Schlange und wartet darauf, bis die Frau vor ihm das Benzin bezahlt hat. Bis er dran ist, der Energydrink gescannt wird. Er ist so müde, merkt er. Er zittert. Seine Beine, seine Füße wollen nicht mehr auf dem Boden stehen. Paul öffnet die Dose gleich nach dem Bezahlen. Schüttet den ersten Schluck in seinen Mund. Das Getränk ist süß und gleichzeitig bitter. Es will ihm Flügel verleihen, steht darauf. Aber das schafft es nicht. Paul ist zu schwer, zu müde zum Fliegen. Er läuft zu seinem Tisch am

Fenster und setzt sich. Paul starrt auf den Parkplatz. Da stehen LKW, da stehen PKW, da stehen ein paar Elektroautos, die an Stromsäulen angeschlossen sind. Kinder fallen vom kleinen Klettergerüst. Erwachsene trinken Kaffee im Stehen. Alte Männer machen Kniebeugen gegen das Einrosten während der Fahrt.
Es riecht nach frittiertem Essen. Nach Schnitzel und Pommes. Bockwurst und Nudeln mit Gulasch. Es gibt eine Theke, hinter der stehen Menschen in weißen Schürzen, schaufeln Teller voll. Legen traurige Mayotütchen daneben. Über die hat Paul sich schon immer geärgert. Die sind viel zu klein. Paul zieht die eingeschweißte Karte an sich heran. Er muss essen, viel essen. Will die Karte lesen. Die Worte verschwimmen vor seinen Augen,
so wie nach langen Tagen vor dem Computer. An Tagen, an denen er die Brille vergessen hat und schreibt und schreibt und nicht mehr liest, was. An Tagen, an denen jemand aus der Dokumentationsabteilung anruft und ihn auf handwerkliche Fehler hinweist und er
»Jaja« sagt und sie behebt. Ganz schnell, ohne nachzudenken, ohne richtig zu lesen, was er tippt. Die Augen brennen ja so. Er muss nach Hause. Er muss ins Bett. Paul denkt an sein Bett. An das weiße Doppelbett direkt am Fenster. Da scheint die Sonne hinein am Morgen und mogelt sich an den Vorhängen vorbei. Sie weckt erst den Hund und dann ihn. Der Hund liegt sabbernd im Bett. Das Einzige, was Paul an dem Hund nicht mag, ist, dass er Speichelspuren in der ganzen

Wohnung hinterlässt. Paul fragt sich, ob der Hund schon entdeckt wurde. Ob er im Tierheim gelandet ist oder vielleicht schon bei einer netten Familie. Paul fragt sich, ob der Hund um Paul trauern wird. Sie hatten es doch gut zusammen, oder nicht?
Paul denkt an Mirjam. Paul will nicht an Mirjam denken. Paul hat sich vorgenommen: Ich denke nie mehr an Mirjam. Paul weiß: Mirjam denkt nicht mehr an mich. Wegen allem. Paul rappelt sich hoch, er muss zur Theke, er muss was bestellen. Sonst wird er ohnmächtig oder denkt noch mehr an dieses Früher.

10

Der Abend bebt, findet Mirjam. In dieser Stadt, in diesem Land bebt alles und wird erschüttert, von jeder Welle, die an den Strand schlägt. Mirjam steht auf dem Hügel. Neben den Beeten, die Bela fotografiert. Sima hat sie hergebracht. Hier baut sie Gemüse an. Wie alle, seit der Inflation. Mirjam setzt sich auf die braune, trockene Erde. Dass hier überhaupt was wächst, denkt sie, nimmt ein bisschen Erde hoch und lässt sie durch die Finger rieseln. Staub bleibt an ihren Händen. Mirjam ist still. Vielleicht bin ich zu leise, denkt sie und hat keine Worte für das Gemüse, das sich aus der Erde quält. Und auch nicht für den diesigen Himmel. Nicht für die Schiffe, die vollgetankt im Hafen liegen und

Lebensmittel in das Land bringen, die sich keiner mehr leisten kann. Dem Land ging es mal besser. Das war nach dem Krieg und vor der Wirtschaftskrise.

Da will Mirjam schon einmal in dieses Land reisen und darüber schreiben. Aber die Redaktion sagt, dass da nichts los ist. Dass Mirjam da nicht hinfahren braucht, weil
niemanden dieses Land interessiert. Jetzt, wo alles in Ordnung ist. Mirjam fährt trotzdem in das Land auf eigene Faust. Zusammen mit Bela, der kommt immer mit, egal, was sie vorhat. Sie schreibt die Reportage, die wirklich gut ist, aber die sie nicht los wird, weil es zu viele andere Katastrophen gibt und ein Land mit Zuversicht langweilig ist.

Jetzt gibt es wieder eine Katastrophe, denkt Mirjam bitter. Jetzt gibt es wieder Gemüse, das aus der Erde kommen muss. Sie schaut rüber zu Bela, der mit Sima plaudert, lacht und sie fotografiert, wie sie zwischen den Rüben steht und ihm die Wurzeln zeigt, die sich aus der lockeren Erde lösen.

Die Sonne scheint schwach vom Himmel. Sie ist mild und taucht den Hafen unterhalb des Hügels in weiches Licht. Die Abende hier sind so viel sanfter als die Tage, denkt Mirjam. Blickt hinunter bis zum Meer. Das ist genauso blau wie der Himmel. Die Ebenen verschwimmen. Mirjam weiß, dass auf der anderen Seite des Hügels die Zeltstädte beginnen. Die ziehen sich kilometerlang. Auf denen reflektiert am Tag die Sonne und strahlt zurück in den Himmel. Mirjam besucht die Zeltstädte das erste Mal vor Jahren und denkt, die wären provisorisch. Die wären eine Übergangslösung. Vielleicht für ein Jahr oder für zwei. Aber die sind geblieben und werden immer größer.

Mirjam nimmt ihr Handy hervor. Es zeigt keine Nachricht von Achura an. Sie schreiben sich nur eine SMS am Tag. Vor dem Einschlafen. Weil es nicht klappt mit dem Nachrichtenschreiben, wenn Mirjam gerade unterwegs ist. Auf Reisen hat sie keine Worte. Am Anfang versuchen sie es mit dem ständigen Schreiben. Da schicken sie sich alles, was sie denken, knapp in drei oder vier Zeilen zusammengefasst, bis Achura irgendwann tippt:

»Ich weiß nicht, wie ich damit klarkommen soll.«

Und Mirjam schreibt: »Ich auch nicht. Deswegen schreibe ich dir das.«

»Wenn ich das von dir lese, kann ich an nichts anderes mehr denken. Ich mache mir Sorgen.«

»Musst du nicht. Mach dir keine Sorgen.«

»Das passiert aber. Weil ich nicht verstehe, was du mir schreibst.«

»Das sind auch eigentlich keine Botschaften. Das sind Momente.«

Mirjam weiß, wie wütend sie ist, als sie mit Achura schreibt. Mirjam weiß noch, wie sie denkt, dass das der Punkt ist, an dem es vorbei ist. Dass sie zurück nach Deutschland kommen wird, aber nicht zurück in Achuras Wohnung. Dass es ja keine Beziehung ist, wenn die eine die Nachrichten der anderen nicht versteht. Dass es nicht sein kann, dass Achura sich nicht für das interessiert, was um Mirjam herum passiert. Dass sie Wahlkampf, ihre Position in der Partei, ihre schwangere Schwester wichtiger findet als das, was Mirjam schreibt. Als das, was in diesem Land passiert, in dem sie gerade ist. Mirjam erinnert sich noch, wie sie den Chatverlauf mit Achura erneut durchliest.

»Ich kann aber diese Momente nicht verstehen, Mirjam. Ich will sie verstehen, aber es geht nicht.«

»Dann musst du dich anstrengen, Achura. Hier ist eben nicht so heile Welt wie bei dir.«

»Mirjam, ich meine das so nicht.«

»Wie dann?«

»Ich meine nur, dass hier ja auch Dinge los sind. Nicht nur bei dir. Und dass ich nicht mehr klarkomme im Alltag, wenn ich deine Momente lese.«

»Keiner kommt klar mit diesen Momenten!«

»Du brauchst mehr Abstand, Mirjam!«

»Wie soll ich denn Abstand dazu halten? Ich bin mittendrin. Ich sehe das alles. Wenn dich das nicht interessiert, müssen wir uns ja nicht mehr unterhalten!«

»Ich will mich mit dir unterhalten. Ich will das auch alles wissen. Nur so, wie es gerade ist, bin ich überfordert.«

»Du stellst dich total an!«

»Das ist ein bisschen unfair von dir.«

»Achura, ich kann jetzt echt kein Mitleid mit dir haben.

Wenn du überfordert bist, okay. Dann schreibe ich dir nicht mehr. Vielleicht sehen wir uns ja, wenn ich wieder in Deutschland bin.«

»Kann ich dich kurz anrufen?«

»Nein.«

»Warum nicht?«

»Willst du ja nicht wissen.«

»Mirjam, kann ich dich kurz anrufen?«

»Ich bin gerade an einem Militärstützpunkt.«

»Können wir uns einigen, dass du mir jeden Abend schreibst, dass alles in Ordnung ist?«

»Hier ist nichts in Ordnung. Hier gab es gestern ein Selbstmordattentat.«

»Ich will, dass du zurückkommst!«

»Was soll das denn jetzt?«

»Ich mache mir Sorgen.«

»Ich melde mich, wenn ich wieder in Deutschland bin.«

»Du meldest dich jeden Abend und schreibst mir, dass du unverletzt bist und in relativer Sicherheit.«

»Was ist denn relative Sicherheit? Ist das so ein Politikwort?«

»Ich muss jetzt in die Sitzung.«

»Was für eine Sitzung?«

»Es geht um den Ausbau der Ganztagsschulen.«

»Uh, wie wichtig. – Tut mir leid.«

»Ist in Ordnung.«

»Haben wir eine Abmachung?«

»Ja.«

»Telefonieren wir, wenn du Zeit hast?«

»Wenn ich Netz habe.«
»Melde dich bei mir, ja? Ich denke an dich.«

Den Chatverlauf wandelt Mirjam in eine Datei um. Sie speichert sie und liest sie nie wieder. Als sie im Flugzeug zurück sitzt, ist sie nicht sicher, ob Achura sie abholen wird, und kann Achura nicht gleich umarmen, als sie voreinander stehen. Sie fühlt sich verschwitzt und verdreckt, als Achura sie in die Arme nimmt, und fühlt sich kalt, als Achura sie küssen möchte und Mirjam sie wegschiebt. Sie kann ihre Finger erst mit Achuras verschränken, als Achura ihr ein Notizbuch auf den Schoß legt und bittet:
»Kannst du mir da die Momente reinschreiben? Dann kann ich sie lesen, wenn du wieder da bist.«
»Warum willst du das?«
»Damit ich dich verstehe.«
»Dann kannst du doch gleich nur die Reportagen lesen, oder?«
»Nein, das ist was anderes. Und das weißt du auch.«

Mirjam nickt. Sie sitzt auf dem Badewannenrand, während Achura sich die Zähne putzt. Sie schaut Achura an, streckt die Arme nach ihr aus und schiebt ihr Nachthemd hoch. Mit dem Finger schreibt sie auf Achuras Haut alles, was auf dieser einen Reise gewesen ist.
Von da an legt ihr Achura vor jeder Abreise ein Notizbuch in den Koffer, steht in der Abend-SMS von Mirjam nie mehr als: »Alles in Ordnung.«

Und in der Antwort von Achura: »Hier auch.«
Während Sima auflacht und Bela ein Foto von diesem Lachen macht, holt Mirjam das Notizbuch hervor. In ihm steht noch nichts, sie schreibt:
Hier ist ein Hügel mit Gemüse. Das Blau vom Meer mischt sich mit dem Blau vom Himmel. Ich glaube, es ist Staub in der Luft. Deshalb ist es diesig.
Mirjam schlägt das Buch zu und schiebt es in den Rucksack. Der Einband ist fest. Früher hat Achura ihr Hefte mitgegeben, doch die haben auf den Touren zu sehr gelitten. Mirjam überlegt, wie die Reisen sind, bevor sie Achura kennt. Ob sie da auch manchmal allein auf Hügeln sitzt, der surrenden Stadt unter sich lauscht und nichts macht, außer die Landschaft aufzusaugen. Mirjam kann sich nicht erinnern, es kommt ihr so vor, als wäre Achura schon immer da gewesen, als hätte es keine Vor-Achura-Zeit gegeben. Als wäre auch Mirjam erst richtig Mirjam geworden, seit Achura da ist.
Mirjam zieht noch einmal das Notizbuch hervor, schreibt:
»Ich höre die Stadt surren und sehe Hafenkräne müde werden. Da ist ein riesiger Tanker.«
In der Vor-Achura-Zeit gibt es Bela auch noch nicht. Da ist da noch Paul.
Unvorstellbar, findet Mirjam und kann sich kaum erinnern an ihn. An diesen Paul mit den stechenden Augen. An diesen Paul, der so ruhig ist, noch ruhiger als sie. An diesen Paul, der so viel Stille ausstrah-

len kann. Das hat auch gutgetan, denkt Mirjam. Als Paul noch da ist, fühlt Mirjam sich nie einsam. Da gibt es noch nicht dieses Ich-will-wieder-nach-Hause-Gefühl.
Da gibt es nur: Wir sind jetzt hier. Nur hier.

Mirjam sitzt auf dem Hügel und will einfach nur zurück. Sie glaubt plötzlich nicht mehr, dass die Achura-Nachricht von gestern noch gültig ist. Dass es noch stimmt, dieses:
»Alles in Ordnung.«
»Hier auch.«

II

Achura spürt ihren Körper nicht. Nicht die Hände, die das Fahrrad festhalten. Nicht die Füße, die auf dem Boden stehen. Nicht das Blut, das durch den Körper schießt, das Herz, das Tempo macht. Sie starrt auf das Display. Auf die geöffnete E-Mail. Sie stammt von einem verschlüsselten Absender. Die Betreffzeile ist leer. Da ist nur ein Bild. Die Bühne vom Herbstfest. Die Studentin, die moderiert. Der schwarze Klappstuhl, auf dem Achura saß, ist leer. Da ist keine Achura, kein Zitterkörper, der nach Worten sucht, kein Mikro, das den Mund verdeckt. Achura ist wegretuschiert. Im Anhang ist ein Video. Bin ich da auch weg?, fragt sich

Achura, klickt aber nicht drauf, liest nur wieder und wieder die einzige Textzeile. Da steht:
»Da fehlst du, oder?«
Und Achura denkt: Ja, da fehle ich. Da müsste ich drauf sein. Da auf dem Stuhl.
Achura stellt sich vor, niemand hätte sie wegretuschiert. Stellt sich vor, sie wäre nie hingefahren zum Herbstfest, wäre nie eingetreten in die Partei, hätte nie gedacht: Ich muss den Mund aufmachen, sonst kennt niemand meine Perspektive. Stellt sich vor, sie hätte nie entschieden, sich ein buntes T-Shirt zu kaufen, als Jugendliche, stellt sich vor, sie hätte nie gedacht: So darf das nicht sein, ich muss was ändern. Stellt sich vor, sie hätte sich so verhalten, wie alle das von ihr erwartet haben. Hätte nie gutes Deutsch gelernt, hätte nie das Abitur geschafft, hätte nie studiert, hätte nicht entschieden: Ich quäle mich durch alles, egal, wie schwer es ist.
Das Bild vom leeren Klappstuhl und Achura, der durch den Kopf schießt: Vielleicht bin ich ja gar nicht da. Die aufs Fahrrad springt und strampelt. Sie wird zu spät kommen zur Veranstaltung. Der Kopf pocht, die Arme können den Lenker nicht gerade halten. Die Beine treten, ohne weiterzukommen. In den Ohren rauscht es. Vor den Augen blitzt es. Spucke, die bitter schmeckt, und ein Hals, der keine Luft in die Luftröhre lassen will. Lungen, die sich anfühlen, als wäre da ein Vakuum. Und Achura, die denkt:
Was, wenn ich nicht da war?

12

Paul isst. Paul kaut und schluckt das Fleisch hinunter. Das Schnitzel ist zäh. Mit dem Messer reißt er es auseinander. Die Fasern hängen zusammen. Paul denkt an den Hund. Der würde das nicht essen. Das Schnitzel schwimmt in Pilzsoße und schmeckt nach nichts. Das ist egal. Das ist wie früher in der Kneipe, denkt er.

Neben Paul steht noch ein Teller. Der ist schon leer. Da sind noch schmale Spuren Mayonnaise. Die Pommes sind weg. Die Currywurst auch. Pauls Beine zittern nicht mehr. Sein Magen ist überfordert, aber er macht weiter mit dem Essen, umklammert die Gabel. Der Metallgriff drückt sich in seine Wunde. Er blutet wieder.

Früher, als Mirjam noch neben ihm sitzt, hätte sie ihn skeptisch angeguckt, hätte gesagt: »Willst du dir nicht erst mal ein Pflaster aufkleben?«

Und sie hätte die Augen verdreht, als er den Kopf geschüttelt und weitergegessen hätte.

Mirjam versteht nicht, wie wichtig Essen für ihn ist, obwohl sie ihn beim Essen kennenlernt. Obwohl sie ihn essend das erste Mal sieht. Am ersten Tag in der Uni. Als alle so neu sind. Als alle unsicher dastehen und sich anstarren und die Selbstbewussten intelligente Witze über die Tagespolitik machen wollen und nicht merken, dass sie nicht lustig sind. Und Paul leise danebensteht und von einem Brot abbeißt, damit er eine Ausrede hat, nichts sagen zu müssen. Mirjam steht bei den Studentinnen. Die haben einen eigenen Kreis gebildet. Mirjam ist der Mittelpunkt, ohne etwas dafür tun zu müssen. Sie zieht die anderen an. Obwohl sie leise ist und nur lacht, wenn die anderen auch lachen, und nickt, wenn die anderen auch nicken. Paul findet, sie hat was Warmes, aber auch etwas Forderndes. Paul beobachtet, wie sie die anderen Studentinnen anschaut. Wie sie ihre Gesichter abtastet, ganz vorsichtig mit den Augen. Wie sie zuhört, ganz genau. Paul stellt sich vor, dass diese Mirjam abends noch jeden einzelnen Moment erinnert. Dass sie sich Notizen macht über jede Person. Und sie anordnet auf einer Tafel. Er stellt sich vor, wie sie alleine lebt, in einem kleinen, abgedunkelten Zimmer voller Schlingpflanzen, wie sie Tag und Nacht nur liest und sich sonntags aus dem Fenster lehnt. Zum Straßebeobachten.

Paul findet, dass Mirjam besonders ist. Und Paul ist sich sicher: Es ist gut, mit Mirjam befreundet zu sein.

Paul weiß noch, wie Mirjam schallend lacht, als er ihr erzählt, was er über ihr Zimmer denkt, und wie sie sich auf das Bett im Wohnheim wirft, mit der bunten Tagesdecke und den Sonnenstrahlenmustern. Wie sie ihm sagt, dass er sich ruhig auch aufs Bett setzen kann, wenn er möchte. Aber er lieber den Schreibtischstuhl nimmt. Auf dem kann man sich im Kreis drehen. Mirjam hat weiße Ikea-Möbel, Unmengen an Sachbüchern. Und ein paar ausgewählte Romane.

»Mir gefallen nur sehr wenige Geschichten«, sagt sie

und zuckt die Schultern. Paul nickt, weil er keine eigene Meinung dazu hat. Er schaut sie nur an, wie sie sich ein Kissen schnappt und sich vor den Bauch legt, es mit den Armen umklammert. Und so niedlich aussieht. Irgendwie nicht wie eine Studentin, sondern wie eine Schülerin. Eine Schülerin aus einem kleinen Dorf, in dem es Kuhweiden gibt und ein Atomkraftwerk in der Nähe und in dem alle ab fünfzig Krebs haben und keiner weiß, warum. Und niemand gegen das Atomkraftwerk ist, sondern gegen Windkraft, weil alle die Windräder hässlicher finden als das Atomkraftwerk. Das hat wenigstens eine Kuppel und die erinnert an den Petersdom. Im Dorf ist man katholisch. Nur Mirjam nicht, die ist ausgetreten gleich nach der Firmung. Das war ein Jahr lang der Dorfskandal.

Mirjam muss wieder lachen, so heftig, dass ihr die Tränen kommen, und Paul rollt mit dem Stuhl einmal durchs Zimmer. Dem Kissen ausweichend, das sie auf ihn wirft.

»Du hast ja eine Fantasie!«, lacht Mirjam. »Ich komme aus Berlin. Und du, wo kommst du her? Irgendwie siehst du aus wie ein unbeschriebenes Blatt. Als wärst du einfach aufgetaucht aus dem Nichts. Einfach: Blubb, aufgetaucht.«

Paul lacht dieses Mal mit. Aber viel leiser als Mirjam, weil er so mag, wie ihr Lachen klingt, das will er nicht übertönen. Er muss sie anschauen, die ganze Zeit. Berlinkinder hat er sich anders vorgestellt. Paul kann sich nur wundern über Mirjam. Über ihre Stimme, über ihren Körper. Über ihr Gesicht. Das ist alles irgendwie schön.

Jetzt ist Pauls Teller leer. Er ist satt, glaubt er, möchte aber unbedingt noch etwas Süßes. Er räumt das benutzte Geschirr auf sein Tablett, geht nach vorne zur Theke. Merkt auf einmal, dass das Radio läuft. Dass da keine Musik spielt, sondern gesprochen wird. Sein Name fällt. Und: »Es fehlt jede Spur.«
Er hört die Stimme seines Kollegen. Von diesem Kollegen, der so anders ist als Mirjam. Der sagt: »Ich kannte ihn als guten Kollegen, und er wurde im Haus sehr geschätzt. Als ich mich mit meinen Vermutungen an meine Vorgesetzten gewendet habe, wurde mir nicht geglaubt. Alle hielten Paul für einen Heiligen.«
Paul wird schlecht, wenn er diese Stimme nur hört. Diese Stimme von diesem Kollegen, der sich immer wichtigmacht und so aufbrausend ist. Der nie ruhig sein kann, immer von Moral und von Anstand und von Prinzipien redet. Der auf den Tisch schlägt bei Sitzungen und mit Sorgenfalten durch die Redaktion läuft, wegen jeder Kleinigkeit. Manisch wird, wenn er etwas findet, was ihn interessiert. Der Kollege, der sich so hübsch findet, weil er so ein markantes Gesicht hat und volle Haare, die niemals ausfallen werden. Der Kollege, der so stolz ist auf seine Familie und auf seine Frau, die ist genauso nervig wie er.
In Paul beginnt ein Beben. Und Hitze fließt durch ihn durch. Schnell. Viel zu schnell, findet Paul, und viel zu

heiß. Paul muss weg, weiter. Sonst erkennt ihn jemand. Sonst fragt der Puddingverkäufer ihn gleich, wenn er die Karte auf das Gerät legt und es piepst und sein Name auftaucht, ob er der ist, der gerade im Radio genannt wurde. Ob er der ist, von dem jede Spur fehlt. Ob er, der Puddingverkäufer, also derjenige ist, der ihn, Paul, ausfindig gemacht hat. Der wird ein Foto von ihm machen. Und das an die Redaktionen schicken. Das wird getitelt. Das wird gedruckt. Dann steht da: »An der Puddingtheke wieder aufgetaucht.«
Paul dreht sich um. Er muss raus aus der Raststätte. Er muss wieder auf die Hügel oder Felder oder was es so gibt, in der Umgebung.
Neben der Glastür ist das Regal mit den Stofftieren. Noch einmal schaut Paul in die Glitzeraugen von dem pinken Vieh. Der Glitzer macht, dass die Augen so aussehen, als würden sie sich drehen. Immer im Kreis. Schneller und schneller. Paul schnappt das Tier. Das muss er haben. Und zwei Schokoriegel und eine Zeitung. Da ist er drauf, auf dem Titelblatt. Paul kann das nicht bezahlen. Er hat kein Bargeld. Er muss losrennen mit dem Stofftier, der Schokolade und der Zeitung. Dann hat er einen neuen Grund, um auf der Flucht zu sein.
Paul rennt.

13

Achura stellt sich neben die Jugendlichen und lächelt. Ihre Hände hängen locker neben dem Körper. So stellt sie sich immer auf Fotos. Sie kann das so gut, das Lockeraussehen. Achura hat keine Lust auf Politikerinnenposen, die wird sie nie machen. Auch nicht, wenn sie Parteivorsitzende wird. Da wird sie stehen, wie sie gerade steht.

Als Achura anfängt mit dem Politikerinsein, nimmt sie sich vor, nie ein Politikerinnengesicht zu bekommen. Nie dieses eingefrorene Gesicht zu haben, das immer neutral aussieht. Sie will erschrocken gucken, wenn sie erschrocken ist. Sie will wütend gucken, wenn sie wütend ist. Bis sie merkt, dass solche Bilder länger halten als die mit unauffälligem Ausdruck. Dass sie für alles verwendet werden, in jedem Kontext, in jeder Satire. Ehrlichgucken ist unmöglich, weiß Achura jetzt und sieht seitdem immer locker aus und so, als könnte sie nichts schockieren. Achura spürt, wie ihre Arme sanft neben dem Körper hängen, wie die Knie entspannt stehen, die Füße hüftbreit. Der Kopf ein bisschen schief. So liegt er manchmal, wenn sie lächelt. Sie muss aussehen, als hätte es diese E-Mail nie gegeben. Als hätte sie sie nie geöffnet. So, als würde ihr niemand ein Bild schicken, auf dem sie fehlt, denkt Achura und strahlt in die Kamera.

Solange ich hier stehe und lächle, bin ich da, oder?

14

Paul könnte über ein Feld laufen. Das will er nicht, Felder kennt er schon. Paul läuft an der Autobahn entlang. Ganz nah am Rauschen. Nicht mehr schnell. Rennen ergibt keinen Sinn. Die Raststätte ist ein Stück weg. Niemand aus der Raststätte wird ihn suchen. Dazu haben sie zu wenig Personal. Zu wenig Wert, den er geklaut hat. Vielleicht hat eine Überwachungskamera ihn aufgezeichnet. Wie er mit Schokoriegeln und pinkem Plüschtier abhaut. Nicht unauffällig, nicht vorsichtig. Nicht beiläufig. Sondern so, dass jeder sehen kann: Der klaut.

Die Autobahn verpasst Paul Stöße. Die rasenden Autos geben Druckwellen ab. Die packen ihn, die drücken ihn zur Seite. Er hält dagegen. Was, wenn er auf dem Pannenstreifen laufen würde? Dann würden die Leute die Polizei anrufen. Und dann würden sie ihn durchsagen im Verkehrsfunk:

»Vorsicht, auf der A-Wasauchimmer befindet sich eine Person auf der Fahrbahn.«

Und die Autos würden einen Bogen um ihn fahren. Damit er nicht von den Druckwellen plattgemacht wird.

Mit dem Jugendlichen, dem Jugendlichen vom See, steht Paul auch nah an der Autobahn. Nicht so wie jetzt direkt an der Fahrbahn, sondern auf der Brücke. Der Jugendliche geht da gerne hin. Beobachtet Autos, die vorbeizischen. Die unter der Brücke verschwinden und auf der anderen Seite wieder auftauchen. Denen der Schatten nichts anhaben kann, den die Brücke wirft.

Paul hält dem Jungen eine Schachtel Zigaretten hin, er schüttelt den Kopf.

»Ach ja, heutzutage sind die Jugendlichen so vernünftig«, kommentiert Paul.

»Findest du?«, fragt der Junge.

Er ist blass und sieht aus, als würde er sich gleich übergeben. Paul überlegt, ob er von dem Gespräch am See so mitgenommen ist oder ob er Höhenangst hat. Immer nur auf die Brücke kommt, um sich ein bisschen zu quälen.

»Na ja. Ihr seid doch so ökologisch und kauft euch zuckerfreie Weingummis, oder?«

»Weil wir fett sind, machen wir das.«

»Du bist nicht fett. Du bewegst dich viel an der frischen Luft. Du könntest es dir bestimmt nicht vorstellen, den ganzen Tag im Internet zu hängen und Leute zu bedrohen?«

»Nein. Das hat mein Bruder gemacht. Aber nicht ich.«

»Hast du das auch schon mal ausprobiert?«

»Was?«

»Na, Leuten Fotos zu schicken.«

»Alle verschicken Fotos.«

»Aber doch nicht solche.«

»Was ist denn an Fotos schlimm, auf denen nichts wirklich drauf ist?«, fragt der Junge und schaut verächtlich zu Paul.

Paul zündet sich die Zigarette an. Die rote Glut wirkt albern neben den grellen Scheinwerfern auf der Autobahn. Paul pustet dem Jungen Qualm entgegen. Er hüstelt künstlich. Paul lacht schal. Der Junge ist der schlechteste Schauspieler, den er sich vorstellen kann. Wieder hält Paul dem Jungen die Schachtel hin. Diesmal zieht er eine Zigarette heraus. Zündet sie an. Zweimal Zigarettenglut sieht weniger albern aus, findet Paul. Vielleicht sehen die Autofahrenden jetzt, dass da zwei oben stehen.

»Glaubst du nicht, dass dein Bruder sich wegen der Sache mit der Politikerin umgebracht hat?«

Der Junge zuckt die Schultern, zieht an der Zigarette und schaut dem Qualm hinterher. Er verschwindet sofort im Abendhimmel. Paul schaut nicht hoch, nicht in den Himmel. Der sieht aus wie an allen Abenden. Ein paar rosa Spuren, ein bisschen Gelb und lauernde Nacht. Paul guckt auf den harten Asphalt. Der ist an manchen Stellen geflickt.

»Findest du schlimm, was dein Bruder gemacht hat?«, fragt Paul.

»Warum schlimm? War doch nur Spaß.«

Paul wirft seine Zigarette von der Brücke, schaut, wie das Licht im Fall erlischt.

»Also Spaß war das echt nicht.«

Im Laufen reißt Paul die Verpackung vom Schokoriegel ab und lässt das Plastik los. Es ist innen silbern. Es segelt durch die Luft und wird irgendwann landen.

Vielleicht auf einem der Felder. Oder es wird unter die Reifen eines Autos kommen. So macht er das auch als Kind. Auf dem Weg von der Schule in die Kneipe. Da lässt er auch Plastikfolien flattern.
Paul beißt von der Schokolade ab. Schluckt sie runter, ohne sie zu schmecken. Stopft den ersten Riegel in sich hinein. Dann den zweiten. Überlegt beim Kauen, wie es wäre, wenn er wirklich eine Mutter mit einer Kneipe hätte. Vielleicht nicht genau so, wie er sich das vorstellt.

NACHT

I

In dem Land kommt die Nacht sehr plötzlich, findet Mirjam. Laternen streuen dünne Lichtflecken auf die Promenade. Rau schlagen die Wellen dagegen. Fette Palmen schlummern in Kübeln. Jemand verkauft Tee von einem Wagen. In einer hohen Messingkanne reflektiert das Licht. Bela fotografiert den alten Mann, der müde an seinem Wagen lehnt. Mirjam kauft ein Glas Tee. Der schmeckt süß. Die Nacht ist kühl. Auf dem Platz sind wieder Demonstrationen. Die Geräusche dringen bis zur Promenade. Mirjam weiß noch, wie sie das erste Mal in dieses Land fährt. Mit Achura. Als sie das erste Mal gemeinsam Urlaub machen und Achura festlegt: Wir besuchen keine Verwandten von mir, wir machen Urlaub.

Und Achura und Mirjam ganz nah nebeneinander über die Promenade laufen. Die Schultern aneinandergedrückt und die Arme. Ihre Hände sind nicht ineinander verschlungen. Das geht hier nicht. Wie sie sich erst küssen und lange umarmen, als die Tür vom Hotelzimmer geschlossen ist, und sie sich vor jedem Hotelverlassen noch mal tief in die Augen blicken. Danach gucken sie nur noch geradeaus. Weil das In-die-Augen-

Schauen mehr erzählt als die Arme, die sich wie zufällig berühren.
Mirjam weiß noch, wie wunderschön sie dieses Land findet. Wie sie verstehen kann, dass viele Reisende kommen, wie sie sich kaum vorstellen kann, dass es hier mal einen Krieg gab und Armut, wie alles aufbrechen will in diesem Land. Wie niemand die Terrororganisation ernst nimmt, die anfängt, sich zu formieren, das Ausmaß der Korruption begreift, die Ungleichheit thematisiert. Wie alle glauben, dass sich das durchsetzen wird, mit der Demokratie.
Neben dem Mann vom Teestand hockt eine alte Frau auf dem Boden. Viele Alte haben ihre Wohnungen verloren in den letzten Jahren und müssen bei den Kindern einziehen. Aber die verlieren die Arbeit. Die wissen nicht, wie es weitergeht. Selbstmordwelle in diesem Land. So eine wie noch nie. Wohnungen stehen leer, weil niemand sich mehr leisten kann, darin zu wohnen. Die Alten kommen an den Abenden zur Promenade, um zu betteln. Früher haben das die aus den Zeltstädten gemacht. Aber die wurden vertrieben. Die bleiben in den Zeltsiedlungen und können nichts machen. Früher durften sie als Putzkräfte arbeiten oder in der Landwirtschaft. Jetzt gibt es genug andere, die putzen wollen oder ernten. Jetzt will niemand die in den Zeltstädten haben. Mirjam trinkt das Glas leer. Der Zucker bleibt an ihren Zähnen kleben. Sie schaut sich das Promenadenpflaster an. Die Steine sehen so fest aus. So als könnten die Wellen ihnen nichts anhaben.

2

Achura legt auf und reibt sich die Augen. Das Gespräch und die Diskussionen hallen nach. Sie hat sich durchgesetzt. Sie schaut auf die Uhr. Es ist schon halb zwei. Und die Ausschusssitzung für morgen ist noch nicht vorbereitet. Aus der Schublade zieht sie ihre Lesebrille. Die benutzt sie nur zum Nachtsarbeiten. Tagsüber quält sie sich so durch. Brille erst ab vierzig, hat sie sich fest vorgenommen. Und das hält sie durch. Das Mailprogramm zeigt ihr an, dass neue Nachrichten gekommen sind. Aber sie will sie nicht öffnen, sie will sie nicht sehen. Weil da noch diese eine Mail ist. Die eine mit dem Bild von dem Klappstuhl ohne Achura. Sie könnte die Mail löschen. Einfach auf Papierkorb klicken und dann wäre sie weg. Dann könnte Achura denken: Ich habe die nie bekommen.

Mit der Maus fährt Achura über die Mail. Sie überlegt, ob sie sie noch mal öffnen soll. Wenn man etwas wieder und wieder liest, wieder und wieder sieht, macht das keine Angst mehr, oder? Dann stumpft man ab. Immerhin gibt es Menschen, die jeden Tag richtige Drohungen bekommen. Ihr fällt ein Artikel ein, den sie vor Jahren gelesen hat. Der Artikel handelte von zwei Brüdern, die Drohmails geschickt haben. An alle möglichen Personen, die sie nicht mochten. Aber so richtige Drohmails. Nicht nur so ein Bild von einem Klappstuhl. Die, die richtige Drohmails bekommen, die können doch nicht so gefesselt wie Achura

am Schreibtisch sitzen und auf den Bildschirm starren. Die, die jeden Tag wirkliche Drohungen bekommen, sitzen selbstbewusst in Talkshows, beteuern doch immer, dass es ihnen nichts ausmacht. Dass sie die Lage im Griff haben und sich nicht einschüchtern lassen.
Achura lässt sich auch nicht einschüchtern, oder? Nicht von einer Mail, in der nichts steht, außer ein Satz. Ein Satz ist keine Drohung und auch kein Foto, auf dem man nicht mehr drauf ist. Menschen, die richtig bedroht werden, bekommen schlimme Bilder. Von Leichen oder von verstümmelten Körperteilen. Bilder, die sich einbrennen, weil sie schlimm sind. Ein Bild, auf dem man nicht drauf ist, kann gar nicht schlimm sein, denkt Achura, als sie merkt, wie sie bebt, wie sie nach Luft schnappen muss. Wie sie losheult. Wie sie zittert, wie das Bild sich in ihrem Kopf dreht, gegen die Schädelwände prallt und wieder neu anfängt zu fliegen durch das ganze Gehirn.
Achura hat keine Angst. Achura ist nur müde und aufgewühlt, denkt sie, und sie stellt sich vor, wie dieser jemand, der dieses Foto manipuliert und geschickt hat, irgendwo sitzt und sich freut, dass Achura heult, dass sie nichts mehr sehen kann, weil ihre Augen nur verschwommen sehen und ihr Herz rast und gegen den Brustkorb schlägt. Wie ihr übel wird und sie zur Toilette rennen möchte. Aber auf allen vieren dahin kriechen muss, weil der Körper sich weigert, normal zu funktionieren. Wie sie in die Kloschüssel, in das Was-

ser schaut und würgt. Aber es kommt nichts. Es ist ja auch nichts. Es gibt ja kein Problem. Wie sie würgt und würgt, nicht aufhören kann zu würgen. Und die Augen höllisch brennen und das Herz sich anfühlt, als wäre es nicht da. Achura hat keine Angst, ist sie sich sicher. Sie ist nur übermüdet, und als sie endlich Magensäure erbricht, denkt sie: Ich hab einfach zu wenig gegessen.

Auf den Knien wieder ins Arbeitszimmer kriechen, sich hochziehen am Schreibtisch. Spüren, da ist Speichel an den Mundwinkeln. Hören, wie die Klospülung rauscht. Blitzlichter vor den Augen haben und nicht wissen: Ist das kurz vor bewusstlos?

Mit der Maus die Mail suchen und sie in den Papierkorb schieben. Sich sammeln neben den Schreibtischbeinen und atmen. Viel langsamer atmen. Und sich sicher sein:

Das war keine Angst.

3

Leer sieht der Club so anders aus. Mirjam erkennt ihn kaum wieder. Ohne sich an anderen Menschen vorbeizudrücken, läuft sie über die Tanzfläche. Die Tische an den Seiten sind verlassen. Niemand lehnt daran. Ein paar wenige tummeln sich an der Bar. Mirjam kennt diesen Club seit Jahren. Er ist eine Legende, oder viel-

leicht war er das, denkt Mirjam und lässt den Blick durch den unbelebten Raum schweifen. Musik hämmert gegen Mirjams Trommelfell und lässt sie beben. Sie mag das.
Dieses Land hält nicht mehr ewig, weil niemand mehr da sein wird. Weil das irgendwann nur noch ein Fleckchen Erde ist, in Hellbraun und Beige. Mit Häuserresten und Erinnerungen. Irgendwann sind alle weitergezogen, denkt Mirjam. Dann ist hier keiner mehr, der von einer anderen Zukunft für das Land träumt.
Wenn das Land zerfällt, wird es ein Wummern geben. So wie dieses Wummern des Beats. Und kleine Schläge, die die Steine lösen. Aus denen die Stadt besteht. Und dann zerfällt alles, leise, ganz leise. Diese Stadt löst sich auf. Zu Staub und nichts bleibt. Außer den fetten Palmen in den Kübeln. Die überleben ja alles.
Mirjam wird vom Beat gepackt, kann nicht mehr normal gehen. Muss tanzen. Das ist der letzte Abend in diesem Club. Das weiß sie. Danach ist der DJ weg. Der geht nach England. Mit dem werden sie reden noch die ganze Nacht und diskutieren, warum niemand mehr hierbleiben will. Warum das Land so vorbei ist wie dieser Club und es keine Zukunft mehr gibt für ihn. Sie werden trinken zusammen und um einen der Tische stehen und lachen über alles Mögliche und Mirjam wird sagen: »Ich hab dir doch versprochen, dass ich irgendwann über dich schreibe. Weißt du noch, das

habe ich dir schon gesagt, als ich das erste Mal hier war.«
Und er wird sie bitter angucken, die Augenbrauen hochziehen und antworten: »Jetzt, wo ich das Land verlasse, interessiere ich dich auf einmal.«
Und Mirjam wird überlegen, ob sie sich rechtfertigen soll. Mit den vielen anderen wichtigen Themen anfangen, die aufgetaucht sind in der Zwischenzeit. Sie wird das lassen mit dem Rechtfertigen. Ihn nur anschauen und sagen:
»Da hast du recht. Das tut mir leid.«
Bela lacht, als er Mirjam so allein tanzen sieht. Ihre seltsamen Bewegungen, ihre schlackernden Arme, die streckt sie aus, die wirbelt sie durch die Luft. Sie legt den Kopf zurück, schüttelt die Hände aus. Mirjam kann nicht normal tanzen und auch nicht schön und auch nicht so, dass jemand ihr das nachmachen möchte. Mirjam kann nur eskalieren auf der Tanzfläche.
Bela nimmt die Kamera hoch und macht ein Foto von ihr. Mirjam denkt: Das schenke ich Achura.
Und stellt sich vor, wie Achura lacht, als sie das Foto sieht. Wie sie sich nicht einkriegt, weil Mirjams Körper in so einer absurden Position hängt, als würde er gleich explodieren. Ihr breites Grinsen und der fast verlassene Club hinter ihr. Nach dem Lachen würde Achura auf Mirjam zugehen, sie in die Arme nehmen und sagen:
»Du bist so goldig, manchmal.«
Müde blinken die Scheinwerfer in den Raum. Sie zit-

tern beim Stroboskop. Mirjam reißt Bela zu sich, damit er mittanzt. Wenigstens kurz. Nur dieses eine Lied. Es ist der letzte Abend, an dem das geht.
Mirjams Handy vibriert. Sie zieht es nicht raus. Sie weiß, dass Achura geschrieben hat: »Alles ist in Ordnung.«

4

Der Bewegungsmelder leuchtet. Nicht, weil eine Katze vorbeiläuft, sondern weil der Großvater durch den Garten über das Gras streift. Das festgefrorene. Der Frost ist wieder da. Spes guckt hoch in den Himmel. Der ist offen. Aus dem wird es heute Nacht nicht mehr schneien. Es ist auch erst Herbst. Aus dem Großvatermund steigt Qualm. In der Hand hält er seine Pfeife. Er hinkt auf und ab. Der Knorpel macht wieder Ärger. Der Großvater holt die Pfeife nur raus, wenn er Sorgen hat. Als Spes und er fast aus dem Haus hätten ausziehen müssen, hat er geraucht, und als er daran schuld ist, dass Spes' Augen zugewachsen sind. Das hat sie zwar nicht gesehen, aber gerochen. Der Großvater riecht nach dem Rauchen süßer.
Vielleicht denkt der Großvater über das Wort nach, das er am Telefon benutzt hat.
Palliativ.
Das kennt Spes nicht. Das hat sie sich gemerkt. Weil

das so schön klingt. So sanft. Das Wort klingt wie frisch eingecremte Haut, die nicht schreit. Klingt wie Schlafen-können-in-der-Nacht. Klingt wie richtig verpuppen und Schmetterling werden. Einer, der fliegen kann.
Am Telefon hat der Großvater auch über Medikamente gesprochen und Dosierung. Und Hospiz.
Spes kommt nicht ins Hospiz. Das hat der Großvater ihr versprochen. Ins Hospiz gehen nur welche, die sterben. Und sterben kann man auch zu Hause, findet der Großvater. Und Spes stirbt ja eh nicht, weil sie sich verwandelt. Dann, wenn all ihre Haut ab ist, wenn sie sich herausgeschält hat.
Spes weiß, dass der Großvater sich auch mal fast verwandelt hätte. Weil der Großvater, als er jung war, ganz viele Sachen geschluckt hat. Die haben gemacht, dass er sich die Welt ganz anders vorstellen konnte, als sie ist. Die haben gemacht, dass der Großvater geträumt hat, den ganzen Tag. Und auch mal gedacht hat, er wäre ein Vogel und fast von einem Häuserdach heruntergesprungen ist. Hat er nicht gemacht. Er ist ja kein Schmetterling.
Spes braucht keine Sachen schlucken, um sich alles anders vorzustellen, als es ist. Sie kann das so. Sie kann sich vorstellen, dass der Garten kein normaler Garten in einer Siedlung ist. Sondern eine Insel. Eine Insel mit Schilf und hohen Wellen dahinter. Spes kann sich vorstellen, dass die Luft hinter der Scheibe nach Salz riecht und dass sie kein Auto haben, mit dem sie

ins Krankenhaus fahren, sondern der Großvater sie hinrudert in einem Kahn. Dass das Jaulen der Alarmanlagen der Nachbarhäuser Möwenschreie sind. Und dass es Fische gibt, die golden glänzen, wenn Spes mit dem Kahn an ihnen vorbeifährt.

EXPLODIEREN

TAG

1

Die pinken Stofftierhaare verkleben mit dem Rinnsal Blut in Pauls Hand. Vielleicht wachsen sie zusammen, überlegt er und stellt sich vor, dass er ab jetzt immer mit dem pinken Vieh an der Hand unterwegs sein muss. Dass es einen Paul ohne Stofftier nicht mehr gibt.

Heizungsluft weht Paul entgegen. Taut ihn auf von innen. Die Nacht am kleinen Bahnhof mitten im Nichts war zu kalt. Der erste Zug am Morgen die Rettung. An Paul rast die Landschaft vorbei. Felder, Wälder, Felder. Nichts dazwischen. Nur ein paar Halme, ein paar Rehe ab und an. Nichts, was Paul sich anschauen will. Nichts, was er sehen braucht. Paul schließt die Augen. Vielleicht kann er endlich schlafen. Jetzt, wo er nicht mehr so sehr friert.

Seine Schulter drückt sich an die eisige Scheibe. Paul nimmt die Zeitung hervor. Faltet sie auf, legt sie zwischen sich und das Glas. Das Papier weicht durch. Die Scheibe ist beschlagen.

Pauls Kopf lehnt auf der Seite mit seinem Porträt. Zweimal Paul, denkt Paul. Einmal in Schwarz-Weiß und einmal in Wirklichkeit.

Keinmal der richtige Paul, denkt er und rast weiter durch die Landschaft.

2

Wassertropfen perlen aus Achuras Haar und gleiten ihren Hals entlang. Nur in ein Handtuch gewickelt sitzt Achura auf dem Schreibtischstuhl. Der ist aus Kunstleder, ein Chefsessel. Den hat Mirjam ihr vom Sperrmüll gerettet und in die Wohnung gehievt.
»So kannst du dich auch mal breitmachen«, lacht sie und schießt Fotos von Achura, wie sie in dem Sessel herumpost.
Achura starrt auf den Bildschirm. Auf das geöffnete E-Mail-Fach. Das wird überflutet von Nachrichten. Sekunde für Sekunde immer mehr Ungelesenes. Betreffzeilen mit: »Wo bleibst du«, oder: »Abwesenheit«, oder: »Dringende Bitte«, oder: »???«
Achura könnte mit der Maus über die Nachrichten fahren und sie anklicken, um sie zu lesen. Aber sie schafft es nicht. Weil ihre Hand sich nicht bewegt und auch nicht ihr Arm und auch nicht die Schultern. Weil sie nur dasitzen kann auf dem Stuhl und Wasser aus den Haaren tropft. Während die Ausschusssitzung stattfindet. Die Sitzung, auf die sie sich seit Wochen vorbereitet hat, in der so viel entschieden wird. Die so wichtig ist und auf die Achura sich gefreut hat. Zu der sie eigent-

lich strahlend hinhetzen wollte, mit ihrem Porzellankaffeebecher in der Hand und buntem Herbstschal. Mit einer Mappe voller Vorschläge und Ideen, die so gut ausgearbeitet sind, dass sie jeden überzeugen werden. Achura weiß, dass sie immer zweihundert Prozent geben muss. Dass bei ihr hundert nicht reichen würden. Und sie hat aufgehört, sich über die zu ärgern, die mit fünfzig Prozent durchkommen. Die Mutter trichtert Achura das ein. Tag für Tag nach der Schule. Nach jeder mittelmäßigen Klausur, nach Absagen für Praktikumsplätze. Als sie beim Abitur nur das drittbeste Zeugnis hat und denkt:

Jetzt gibt es keine Zukunft.

Achura hängt in ihrem Chefsessel. Mit Augen, die brennen, mit einem Körper, der schreit. Fieber und Lidern, die sich nicht trauen zu blinzeln. Weil dann die Nachtbilder auftauchen. Die Bilder vom Wachsein. Vom Noch-zweimal-zur-Toilette-Stürmen. Wie alles in ihr krampft. Wie sie nach dem Kotzen vor dem Kühlschrank steht und Reste in sich hineinstopft. Damit da wieder etwas im Magen ist. Wie sie runterschaut auf ihre Beine und denkt: Die sehen aus wie Eisstiele. Die sehen aus, als könnten die beim ersten Wind umknicken.

Achura, die noch mehr isst. Weil Essen stabil macht. Und sich vorstellt, ihre Beine könnten ganz massiv werden, wie antike Säulen, die Tausende von Jahren an der gleichen Stelle verharren.

Achura, die unter der Decke liegt und sich fragt, ob das

überhaupt gut ist, so schwere Beine zu haben. Dann kann man ja nicht mehr weg. Dann kann man nicht mehr fliehen. Achura weiß, dass ihre Mutter immer eine Leiter im Schlafzimmer hatte. Damit sie damit aus dem Fenster fliehen kann, bei Feuer. Dass die Mutter die Wohnung so ausgesucht hat, dass über und unter ihr Familien leben, die keiner angreift. Dann wird das Haus nicht angezündet. Achura weiß, dass die Mutter nichts von Säulenbeinen gehalten hätte. Aber die Mutter war auch in einer anderen Situation, oder nicht?

Die Wassertropfen aus ihrem Haar fühlen sich kalt an. Achura nimmt alle Kraft zusammen und fährt mit der Maus über den Bildschirm. Zu dem Ordner mit den gelöschten E-Mails. Die oberste ist die von dem verschlüsselten Absender. In der sind das Bild und das angehängte Video, das Achura sich noch nicht angeschaut hat. Sie weiß: Das kann ich mir nicht noch mal ansehen. Aber sie klickt trotzdem, öffnet die Nachricht, liest sie. Die wenigen Sätze, das große Bild. Besser nicht auf das Video klicken, denkt Achura und klickt doch und der Player öffnet sich, mit dem sie sonst nur Urlaubsvideos anguckt und Videos von Kleinkindern, die Unsinn machen und über die Achura lachen kann, wenn sie gestresst nach Hause kommt und an nichts mehr denken will.

Es tauchen keine Kinder auf und auch nichts, das aussieht wie Urlaub. Da ist nur Verwackeltes. Ein Handybild, das zittert. Das den schwarzen Plastikstuhl zeigt,

auf dem Achura sitzt. Sie redet unsicher und hält das Mikro wacklig vor dem Mund. Achura sieht, wie ihr angespannter Körper bebt. Sieht, wie sie beim Sprechen an der Moderatorin vorbeischaut. So, als könnte die dann nicht hören, was Achura sagt. Am unteren Bildrand sind Buchstaben. Rote Schrift. Jedes einzelne gesprochene Wort: transkribiert. Der krasse Satz, den sie nie hätte sagen dürfen, ist größer geschrieben. Er springt ihr ins Gesicht. Wirkt noch krasser. Noch unwirklicher. Achura sieht sich. Sieht, wie sie sich bewegt, wie sie spricht. Und denkt: Das kann nicht ich sein. Das muss gefälscht sein, oder nicht? Wie das Foto, auf dem ich fehle. Das ist eins von diesen montierten Videos. Die, die mehrere Ebenen übereinanderlegen und so lange die Farben und Kontraste angleichen, bis es echt wirkt. Bis alle denken: So war es wirklich.
Aber so war es nicht, oder? So krass war der Satz nicht und ihr Körper nicht so schwach, so zittrig, so unsicher. Und ihre Stimme klingt anders. Die ist nicht so verschüchtert, die sitzt doch nicht so hoch im Hals. Achura kratzt Erinnerungen zusammen. Findet einzelne Sätze, von denen sie sicher ist, dass sie sie gesagt hat, untersucht die Gedanken darauf, wie sie gesprochen hat. Ob sie wirklich so unsouverän auf dem Stuhl saß. Sie glaubt das nicht. Achura rutscht auf dem Sessel hin und her. Nimmt ihre Gesprächsposition ein. Aufrecht, ein bisschen vorgebeugt, die Schultern zurückgezogen. So wirkt der Körper offen. Die rechte Hand locker um das Mikro gelegt, die linke entspannt

auf dem Oberschenkel. Achura lässt sich nicht so leicht aus der Ruhe bringen. Sie klickt noch mal auf Play. Schaut das Video erneut an. Ihren krummen Rücken, ihre verkrampften Beine, ihren eingezogenen Hals. Als wollte sie sich vor etwas schützen.
Achura schließt die Augen. Hört das Surren der Straße draußen, Gesprächsfetzen, die durch das offene Fenster dringen. Der Tag hat begonnen, schon lange ohne sie.

3

Mirjam duscht nicht. Mirjam wäscht sich mit dem Lappen den Nachtschweiß vom Körper. Nur im Handtuch tritt sie aus dem Bad in das kleine Hotelzimmer. Durch das geöffnete Fenster dröhnen die Morgengeräusche. Das Motorheulen, das Stimmengewirr. Der weiße Vorhang weht leicht. Mirjam wirft sich aufs Bett, zieht das Notizbuch zu sich heran. Schreibt:
»Vor dem Fenster baumelt ein durchgeschnittenes Telefonkabel. Es führt nirgendwo mehr hin. Der Wind lässt es gegen die Scheibe peitschen. Niemand braucht mehr diesen Anschluss. Jemand hat die Leitung gekappt. Hier ist alles vorbei.«

4

Das Krankenhauszimmer ist hellgelb gestrichen. Spes stellt sich vor: Das ist der Strand. Das ist weicher Sand, in den man den ganzen Körper legen kann. Spes stellt sich vor, wie ihr Körper sich anfühlen würde im Sand. Wie das Blut sich vollfressen würde, wie da eine Kruste entstehen könnte, aus Sand. Eine feste. Eine, die wäre wie Haut. Eine Kruste, die die Gefäße schützen könnte. Vor der salzigen Luft. Vor dem Wind, der Spes wegtragen will.

Neben Spes sitzt der Großvater im Sand. Liest und denkt, dass Spes schläft. Der Großvater liest immer. Bücher in Latein. Früher bringt der Großvater Kindern in der Schule Latein bei. Und gibt ihnen schlechte Noten, weil er irgendwann anfängt, Kinder dumm zu finden, und enttäuscht von ihnen ist. Als der Großvater jung ist, mag er alle Kinder. Da wird er Lehrer, weil er glaubt: Die Hand, die die Wiege bewegt, bewegt die Welt.

Spes findet, dass der Großvater da einen Denkfehler hat. Dass die Kinder in der Schule ja nicht mehr in der Wiege liegen und dass der Großvater eigentlich hätte wissen müssen, dass das mit dem Weltbewegen dann nichts wird. Spes sagt das dem Großvater nicht. Weil sie heute nicht sprechen kann. Weil das ganze Gesicht offen ist und Feuer im Hals. Spes überlegt, ob sie auch innen Haut hat, die kaputtgehen kann. Spes weiß, dass es Schleimhäute gibt. Die heißen so, weil

sie sich einschleimen beim Körper. Weil sie sich viel besser benehmen als die Außenhaut. Schleimhaut haut nämlich nicht ab. Die bleibt, wo sie ist. Und ist immer feucht. Und meistens zufrieden. Spes traut der Schleimhaut nicht. Weil sie weiß, dass die Stellen Haut, die lange unauffällig waren, irgendwann richtig Randale gemacht haben. So wie der Großvater, der ganz lange ein lieber Lehrer ist, der glaubt, dass jedes Kind schlau ist und besonders, und der sich irgendwann jeden Morgen in die Schule quält und nicht weiß, was er da soll. Der erst gut auskommt mit allen und alles macht, was man machen kann, und der findet: Die Schule muss der schönste Ort in der ganzen Stadt sein, und der sich in die Kunstlehrerin verliebt und mit ihr alles bunt streicht. Bis das Geld alle ist und kein neues mehr kommt von der Stadt und alles auseinanderfällt. So sagt der Großvater das. Und Spes überlegt, wie diese Schule wohl aussah. Verlassene Wiegen, in die kein Schulkind reinpasst, und Farbe, die von den Wänden fließt, und ein Dach, das wegfliegt bei Wind, und Blätter und Hefte, die durch die Luft wirbeln.
Spes kann sich vorstellen, wie der Großvater unzufrieden vor einer Klasse steht, die versucht, Stühle und Tische vom Auseinanderfallen abzuhalten, und nicht zuhören kann, wie der Großvater skandiert. Spes versteht, dass man nicht zuhören kann, wenn alles auseinanderfällt. Spes weiß, wie der Großvater manchmal nach Hause kommt, als er noch nicht in Pension ist

und sich zu ihr setzt und vom ganzen Tag erzählt und murmelt:
»Ich weiß einfach nicht, wie ich das zusammenhalten kann. Es verändert sich so viel die ganze Zeit. Ich komme da gar nicht hinterher. Manchmal denke ich, dass ich einfach nicht mehr in die Zeit passe.«
Und Spes guckt den Großvater an und versteht nicht, was er meint. Weil man immer in die Zeit passt. Die ist ja kein Fahrstuhl im Praxishaus, in den entweder nur der Großvater oder Spes im Rollstuhl passt. In dem Spes dann alleine hochfahren muss und sich der Großvater schnaufend die Treppen hochhievt.
Manche sagen, dass es eng wird, mit der Zeit. Die Ärztin zum Beispiel, wenn sie sich Spes' Haut anguckt. Aber damit meint sie ja eher, dass die Zeit ganz nah an Spes herankommt. Dass die Zeit sich ankuschelt, aber nicht, dass die Zeit jemanden nicht reinlässt oder jemanden zusammendrückt. In die Zeit passen alle, die gerade da sind.
Vor dem Fenster hängen Gardinen, leicht auf und ab. Das Fenster ist geöffnet, draußen weht Herbstwind. Spes findet, die Gardinen sehen aus wie Felsen, die Wellen brechen. Das Meer muss ganz nah sein.

5

Regen schlägt an die Scheibe. Tropfen platzen auf, laufen zerteilt das Fenster herunter. Paul beobachtet sie. Und die Fahrräder, die eng aneinander am Zaun vor den Gleisen stehen. Vielleicht ist sein Fahrrad auch dabei, überlegt Paul. Das Fahrrad, das er hier zurückgelassen hat. Das gelbe Fahrrad mit den Schlammspritzern, mit den Schlumpfaufklebern, die Mirjam auf dem Rückweg von einer Party übermütig an die Stange pappt. Und schallend lacht, weil er tut, als würde er es nicht merken.

Ob die Aufkleber abgewaschen sind, vom Regen der letzten Jahre? Kurz bevor er damals in den Zug steigt, kurz bevor er nur mit Rucksack die kleine Studierendenstadt verlässt, kurz bevor er Mirjams Nummer blockiert, damit sie ihn nicht mehr anrufen kann, denkt er:

Ohne die Schlumpfaufkleber kann ich nicht gehen.

Geht dann aber doch. Zurücklassen darf nicht leicht sein, es muss schmerzen. Sonst ergibt es keinen Sinn. Er schließt das Fahrrad fest an den Zaun, kauft das Ticket am Automaten und verschwindet das erste Mal. Und kommt nicht wieder.

Kurz überlegt Paul, ob er aussteigen sollte. Ob er die engen Altstadtgassen mit den Kneipen bis zur Uni entlanglaufen soll. Bis zur Wiese vor dem Unihauptgebäude, auf der er so oft sitzt mit Mirjam. Auf der sie manchmal stundenlang im Sommer liegend lesen.

Absätze gelb anstreichen, Notizen machen, mit Klebezetteln Seiten markieren. Mirjam in der prallen Sonne, er im Schatten. Seine Haut verbrennt so schnell. Ab und an kommen Kommilitonen vorbei, ein kurzes Gespräch. Das muss Mirjam führen, Paul kann das nicht. Der Vorschlag, Kaffee trinken zu gehen, und Mirjam, die Ja sagt, obwohl sie Nein meint. Und fast nie mit jemand anderem als mit Paul einen Kaffee trinken geht.

Mirjam, die toll aussieht, so wie sie auf dem Bauch liegt und in das Buch schaut, ganz konzentriert. Die nicht merkt, dass ihr Top hochgerutscht ist und Paul ihre Rückenhaut sehen kann. Auf der tanzt die Sonne. Über die streichen Schatten von den Baumblättern, die wiegen im Wind. Über die will Paul streicheln, lässt es aber.

Die Wunde in Pauls Hand ist trocken geworden, sie blutet nicht mehr. Das Wundsekret hat den Plüsch mit der Wunde verklebt. Vorsichtig zieht Paul an dem Stofftier. Schaut, wie die einzelnen Haare sich mit der Hand verbunden haben, wie sie sich lösen. Ganz leicht. Aber nicht ohne Schmerzen. Wenn Paul einmal fest reißen würde, wäre das Tier ab und die Wunde würde wieder bluten. Er muss langsam sein, so unauffällig, dass die Wunde es gar nicht merkt.

Paul denkt an Mirjam. Wie sie in ihrem weiten Pullover und der lockeren Hose in der kleinen Küche hockt. Die Beine angewinkelt, Tee in der Hand. Tränenreste an der Wange. Mirjam weint viel, als sie studieren. Weil

Mirjam nicht merkt, wie gut sie ist. Weil Mirjam denkt, dass das, was sie leistet, nie genug ist. Weil Mirjam ignoriert, wenn es Zeit ist, eine Pause zu machen. Weil Mirjam immer glaubt: Diesmal falle ich durch, diesmal wirklich. Und am Ende die beste Arbeit abgegeben hat und es nicht glauben kann, als da die Bestnote druntersteht. Denkt: Die bewerten mich zu gnädig. Denen fallen meine Denkfehler nicht auf. Das kann nicht sein.

Und Paul, der danach prüfend die Arbeit liest am Küchentisch bei Zwei-Euro-Wein, die Stirn in Falten legt und »Hm. Also Noten sind ja nie gerecht« murmelt, mit dem Kugelschreiber Fragezeichen an den Rand malt und einzelne Sätze unterschlängelt. So tut, als würde er sie unsinnig finden, und sich ärgert, dass er beeindruckt ist und merkt: Darauf wäre ich nie gekommen.

Manchmal sitzt Mirjam stundenlang in der kleinen Küche und starrt aus dem Fenster. In den Hinterhof mit den Fahrrädern und Mülltonnen, dem sprießenden Unkraut. Sie macht nichts außer schauen und leise zu sein. Immer dann, wenn sie sich am Tag vorher mit einem der Jungs aus dem Studium getroffen hat. Ein Date in der Kneipe, im Theater, oder Schlendern durchs Museum. Danach Übernachten bei dem Jungen. Und morgens verstohlen die Wohnungstür aufschließen. Mirjam, die an solchen Tagen nichts machen kann, nur dasitzen und Tee trinken und weinen und denken: Irgendwas ist falsch mit mir.

Paul setzt sich neben Mirjam. Paul kocht ihr neuen Tee. Schiebt abends eine Tiefkühlpizza in den Ofen. Legt Oliven drauf, kurz bevor sie fertig ist, und verteilt Gorgonzola darüber. Der schmilzt schnell. Mirjam isst die Pizza, und Paul sagt: »Vielleicht war das einfach nicht der Richtige.«
Und Mirjam zuckt die Schultern, beißt von der Pizza ab, verbrennt sich die Zunge.
Paul schiebt seine Hand zu Mirjam rüber, aber sie nimmt sie nicht. Sie haben keinen Körperkontakt. Nie. Auch nicht, wenn einer von beiden weint. Auch nicht, wenn sie nervös sind vor Prüfungsergebnissen und es gut wäre, sich an der Hand zu halten.
Mirjam steht nach dem Essen auf und geht in ihr Zimmer. Sagt auf dem Weg: »Ich mach mir einen schönen Abend mit Judith Butler und Walter Benjamin. Gute Nacht, falls wir uns nicht mehr sehen.«
Paul bleibt am Tisch sitzen und stellt sich vor, wie Mirjam *Bodies That Matter* und *Einbahnstraße* aus dem Regal zieht, wie sie den Pullover abstreift, aus der Hose gleitet, ihr Schlafshirt anzieht. Und ins Bett krabbelt. Wie es ihr nicht warm genug ist unter der Decke. Und wie sie sich wünscht, dass Paul dazukommt, oder nicht?

Paul kann nicht mehr aussteigen. Der Regionalzug fährt weiter. Weiter durch die Landschaft mit den geschwungenen Hügeln, mit den Burgruinen und Aussichtstürmen. Paul kennt die Stationen bis zur nächsten großen Stadt auswendig. Diese Strecke ist er oft gefahren.

6

Schnell tippt Achura die Nachricht in ihr Handy und drückt auf Senden, ohne noch einmal zu lesen. Sonst würde sie sich vielleicht umentscheiden, sich schlecht fühlen, weil sie einen familiären Notfall erfunden hat. Fünf Entschuldigungen sind eingefügt, die sie alle nicht so meint.
Achura stellt sich vor, sie hätte die Wahrheit geschrieben, eine E-Mail, in der steht:
Ich kann mich nicht bewegen. Meine Beine sind schwer und meine Arme. Ich sitze seit Stunden in meinem Schreibtischstuhl und kann nichts machen. Das Einzige, was geht, ist atmen. Ich weiß nicht, warum.
Liebe Grüße
Achura

Die Haut ist nicht mehr nass. Die Luft hat sie getrocknet. Jetzt ist da eine Gänsehaut und ein bisschen friert sie. Ich müsste wirklich aufstehen, denkt Achura. In der Wohnung herumlaufen könnte helfen. Ich müsste mich anziehen. So ein feuchtes Handtuch kann nicht wärmen.

7

Der Lokschuppen hat kein Dach mehr. Nur noch wenige Platten liegen auf dem Dachgerippe. Beim nächsten Wind werden sie abgetragen werden, denkt Mirjam. Die Steinwände, auf denen die Dachstützen liegen, haben Einschusslöcher. Die Lokomotiven stehen in tiefen Fahrrinnen. Die Gleise sind verrostet. Mirjam streift mit der Hand über eine der Loks. Die fühlt sich rau an. So, als könnte sie Mirjams Haut jeden Moment zerschneiden. Rostsplitter in ihr hinterlassen. Mirjam lässt los. Schaut sich die Graffiti an der Seite der Lokomotive an. Die sind grünblau. Wie ein Bluterguss, denkt Mirjam kurz.
Kadir hat sich auf die Stufen zum Steuerhäuschen gesetzt, beobachtet, wie Bela Fotos macht. Vom einfallenden Licht. Von den Mustern auf dem Boden. Den Schatten, die die Lok wirft. Von den Blättern, die im Gleisbett wuchern. Von Kadir, der dasitzt und Kaugummi kaut.
»Kommst du oft her?«, fragt Mirjam ihn.
»Nicht mehr so oft wie früher«, antwortet Kadir. »Aber ab und zu. Ich muss doch sehen, wie meine Loks rosten.«
»Kannst du dich ans Zugfahren noch erinnern?«
»Nein. Ich glaube, ich bin nur einmal Zug gefahren. Da war ich vielleicht zwei oder drei. Meine Mutter hat ein Foto davon. Sonst wüsste ich das gar nicht. Dann war der Krieg und danach die Besetzung und der gesamte Zugverkehr wurde eingestellt im Land.«

»Schade.«
»Weiß ich nicht. Vielleicht ist das ja gar nicht schade. Fährst du oft Zug?«
»Ja. Eigentlich jeden Tag.«
»Hast du kein Auto?«
»Nein. Ich wohne in einer großen Stadt, da braucht man das nicht, finde ich.«
Kadir zuckt mit den Schultern.
»Mein Vater war Eisenbahner. Der hat das auch geliebt. Aber jetzt haben alle die Bahn vergessen, die Züge, die Gleise, die noch durchs Land laufen. Mein Vater kann immer noch alle Strecken und alle Stationen auswendig. Auch wenn die Bahnhöfe lange verfallen sind. Auch wenn die Loks verrosten. Mein Vater hat immer gedacht, dass es irgendwann wieder Zugverkehr geben wird, und war sich ganz sicher, dass ich Eisenbahner werde.«
»Wärst du gerne Eisenbahner?«
»Keine Ahnung.«
»Was wärst du gerne?«
Kadir lacht.
»Das ist so eine richtige Frage von einer, die aus so einem Land kommt wie du. Was wäre ich gerne? Die Frage ergibt überhaupt keinen Sinn, wenn man hier lebt. Man ist ja einfach man selbst. Und was man macht, ist nicht, was man ist, oder?«
»Hm. Ich bin nicht sicher.«
»Ich aber. Mir ist es egal, ob ich Eisenbahner bin oder ob ich im Hafen arbeite oder sonst wo.«

»Glaubst du, dass die Demonstrationen etwas verändern?«
»Nein, natürlich nicht.«
»Was glaubst du, was etwas verändern könnte?«
»Gar nichts. Ich finde, das ist alles Unsinn, Träumereien. Ich werde nicht damit anfangen, mir irgendeine Zukunft auszudenken, die nie eintreten wird. Und weißt du, was ich auch nicht verstehe? Dass alle, die irgendeine Reportage über diesen Lokschuppen schreiben, immer die gleiche Frage stellen. Dich fragt das doch auch keiner, oder? Oder hast du irgendwelche Träumereien für dein Land?«

Mirjam betrachtet das Licht. Wie es sich durch die verrosteten Streben mogelt, wie es sich auf das Metall legt. Mirjam schaut durch die Fensterlöcher, auf die Sträucher, die ruhig dastehen, aussehen wie Schilf, die daran erinnern: Das Meer ist nicht weit.

8

Die Beine halten einen Moment. Lang genug, dass Achura in die Hose steigen kann. Danach lässt sie sich aufs Bett fallen. Das Oberteil liegt auf dem Boden. Sie müsste sich nur einmal runterbeugen, es auffischen, überwerfen. Das geht nicht, die Wirbel streiken.
Man kann von nichts lahm werden, denkt Achura und

starrt geradeaus, auf den geöffneten Kleiderschrank. Die linke Seite ist ihre. Die rechte gehört Mirjam und ist leer. Achuras Seite ist vollgestopft. Mit Röcken und Kleidern, mit Blusen, mit Jeans. Mit Kostümchen, die sie sich vor Jahren kauft, als sie denkt: So muss man als Politikerin aussehen. Und die Kostüme dann aber nie anzieht.

Vielleicht sollte ich die Kostüme spenden, denkt sie und stellt sich vor, wie sie sie in einen Plastiksack stopft und bei der Diakonie abgibt. Dann wäre alles weg, aus der Zeit, in der sie sich sicher ist, dass der Beruf der richtige ist. In der sie denkt, dass sie das schon alles schaffen wird. In der sie denkt, dass nichts sie angreifen kann, dass sie das wegstecken wird und zurückfauchen kann, wenn jemand sie kritisiert. In der sie glaubt, dass Kämpfen gut ist. Dass Arbeit heißt, dass man sich verausgabt und über persönliche Grenzen geht. Dass man das Unmögliche fordern muss und das Unmögliche erreichen kann. In der ihr Körper sich anfühlt wie ein Panzer. An dem alles abprallt. Auch das Schöne. Aber das merkt Achura nicht in der Zeit, und das Schöne interessiert sie auch nicht. Und so was wie Liebe auch nicht und Selbstliebe schon gar nicht.

»Das Konzept der Selbstliebe macht unproduktiv«, sagt sie einmal in einem Interview mit einer Lifestyle-Zeitschrift, die Achura nicht nur interviewt, sondern auch fotografiert und ihr Bild auf das Cover druckt und *Die Frau der Stunde* darunterschreibt.

Und Achura weiß: Das machen sie nur, weil ich in ihr Bild passe. Weil sie finden, dass ich eine Geschichte bin, die gut funktioniert. Bei der man denken kann: Die hat ja einen aufregenden Weg hinter sich. Und: Solche Menschen in der Politik brauchen wir. Obwohl es in dem ganzen Interview nicht um Politik geht, sondern nur um ihre Lieblingsbücher, Lieblingskleidung, Lieblingsfarbe, Lieblingstiere, die Achura erfinden muss. Solche Kategorien hat sie nicht. Aber für gute Artikel kann man ja mal erfinden, dass man Elefanten mag und Rot und Sommerkleider und *Die unerträgliche Leichtigkeit des Seins.*
Achura denkt an Mirjams Stirnrunzeln, als sie den Artikel liest. Ein paar Jahre nachdem er veröffentlicht ist und Achura Mirjam alle Presseberichte über sich zeigt, aus der Zeit, in der sie sich noch nicht kennen.
»Du kommst rüber wie eine Überfliegerin, die sich für nichts anstrengen musste«, sagt Mirjam vorsichtig.
»Ist doch gut«, antwortet Achura. »Es geht doch niemanden etwas an, wann ich mich wie angestrengt habe.«
»Ich weiß nicht, ob es gut ist, immer auszuklammern, wie hart manches ist.«
»Das machst du doch auch. Du schreibst in keinem deiner Artikel, wie schlecht es dir manchmal geht, wenn du von einer Reise wiederkommst.«
»Das hat da ja auch keinen Platz. Um mich geht es doch auch nicht.«
»Eben.«

Achura weiß noch, wie sie sich erschrickt, als die Zeitschrift erscheint und ihr Ganzkörperbild an Kiosken prangt. Wie seltsam sie aussieht in diesen grellen Farben. Wie charmant sie zur Seite schaut, ein bisschen unpassend, findet Achura. Wie perfekt ihre Haare liegen, wie glattretuschiert ihr Gesicht ist. Schlimmer als ein Wahlplakat, denkt sie in dem Moment und wird von dem Unbehagen befallen, das sie spürt, wenn sie vor den Wahlen in der Straßenbahn sitzt und sich an allen Ecken seriös lächeln sieht. Sie guckt schnell weg, weil sie auf den Bildern stärker aussieht, als sie sich fühlt. Weil sie breiter lacht, als sie das sonst macht. Weil sie irgendwie anders ist. Auf Fotos.
Achura sitzt immer noch auf dem Bett. Sackt ein in der Decke. Kann sich nicht vorstellen aufzustehen. Weiß auch nicht, wo sie dann hinsoll mit sich. Lässt sich fallen. So, dass der Rücken in der Decke versinkt. Dass die Beine von der Kante baumeln. Achura bleibt liegen.

9

Spes schläft.

10

Der Regionalexpress endet in der großen Stadt. Hier kennt Paul sich aus. Hier hat er mal gewohnt. Ein Jahr während des Volontariats. Das war ganz schön scheiße, denkt Paul, als er aussteigt. Paul schlurft langsam über den nassen Boden des Bahnsteigs. Überlegt, an alle Orte zu gehen, an denen er schon einmal war. Die Redaktion, das Verlagshaus, das Mehrfamilienhaus mit der Dachwohnung, das Selbstbedienungscafé, in dem er sich einmal mit Mirjam trifft. Nach einem Jahr ohne Kontakt. Er schreibt ihr, weil er erfahren hat, dass sie ihn hat suchen lassen. Dass sie seine Eltern ausfindig machen wollte und andere Verwandte. Dass sie ein Jahr darauf verwendet hat, herauszufinden, ob er noch lebt. Von dem weißhaarigen Dozenten, der Mirjam nie mochte, weiß Paul, dass sie ihr Studium unterbrochen und alle animiert hat, ihr bei der Suche zu helfen. Auch die, die ihn nie wahrgenommen haben. Die machen nur mit, weil sie Mirjam so toll finden. Weil alle Mirjam toll finden. Weil sie so ruhig ist und dabei so entschlossen. Weil Mirjam sich nie mit einfachen Lösungen zufriedengibt. Weil Mirjam hinter jeden Satz ein Fragezeichen setzt.

»Ich leb noch«, sagt er und sieht sie scheel an. Mirjam sitzt ihm gegenüber und umklammert ihre Tasse Kakao. Schaut ihn nicht an. Blickt durch die bodentiefe Scheibe, betrachtet die Einkaufsstraße.

»Das wolltest du doch wissen«, fährt er fort und grinst.

Er weiß nicht, warum. Er glaubt, dass Mirjam ihn vielleicht wieder mögen würde, wenn er anfinge zu weinen oder wenn er wie ein Wrack dasäße. Wenn er komplett abgestürzt wäre in dem einen Jahr. So richtig mit Drogenproblemen, Alkoholismus, drohender Obdachlosigkeit. Wenn er vor ihr auf den Knien herumrutschen und um Entschuldigung flehen würde. Dann würde sie ihm helfen. Ihn umarmen und dankbar sein, dass sie ihn wiedergefunden hat. Würde ihm anbieten, wieder bei ihr einzuziehen.

Aber Mirjam sagt gar nichts, und er rutscht nicht auf den Knien und er findet, dass sie hässlich geworden ist in diesem Jahr. Dass sie zugenommen hat und ihr Gesicht aufgedunsen aussieht. Dass ihre lockere Kleidung, die sonst etwas Lässiges hatte, jetzt schmuddelig wirkt. Dass es eigentlich ein bisschen peinlich ist, mit ihr hier zu sitzen. Hoffentlich erkennt niemand, wie gut sie sich einmal kannten.

»Du hättest dir keine Sorgen um mich machen brauchen«, sagt er. Pauls Stimme ist stark und klar. Viel stärker als das Schweigen von Mirjam, das ist mickrig, findet er.

»Hast du mich so lange gesucht, um jetzt keinen Ton zu sagen?«

Paul weiß, dass er provoziert. Aber manchmal muss man Mirjam provozieren, sonst vergräbt sie sich im Denken und kommt zu gar nichts.

Paul mustert sie. Ihre angespannte Haltung, die milchigen Augen, die Müdigkeit, die in ihrem Gesicht hockt.

Nicht, dass sie gleich anfängt zu weinen. Dann denken alle, er wäre der Böse. Ist er aber nicht. Sie hat angefangen, alles kaputt zu machen. Sie hat dafür gesorgt, dass er gegangen ist. Was erwartet sie jetzt? Dass er sich schlecht fühlt, weil sie einen Fehler gemacht hat? Mirjam nimmt den ersten Schluck Kakao. Paul hasst Kakao auf einmal. Hasst, wie sie aussieht beim Trinken. So unschuldig. So naiv. Wie die Mirjam von früher. Wie die Mirjam, die nächtelang durchlernt und zum Wachhalten bei schlechter Musik auf dem Trampolin springt, bevor ihr die Augen zufallen.
»Hast du dich exmatrikuliert oder ein Urlaubssemester genommen?«, fragt Paul, merkt dabei, dass seine Stimme schneidend ist. So scharf, dass sie sogar ihm wehtut beim Sprechen.
»Zwei Urlaubssemester«, antwortet Mirjam.
»Gute Entscheidung. Ich bin ja jetzt schon im Volo. Könntest du auch sein, wenn du keine Pause gemacht hättest. Aber für dich war die Pause sicher gut. Du warst ja total am Limit.«
Jetzt müsste Mirjam aufspringen, oder nicht? Jetzt müsste sie ihn ankeifen. Ihn beschimpfen, in Tränen ausbrechen, keine Worte finden vor Wut, ihn anfunkeln, sodass er es kaum aushielte.
Aber Mirjam macht nichts. Schaut ihn an, so als wäre er irgendwer. Irgendein Fremder, der sie überhaupt nichts angeht. Jemand, der ihr zufällig gegenübersitzt. Mirjam trinkt Kakao. Der verpestet die Luft mit seinem Zuckergestank. An den Tassenrändern ist er über-

geschwappt, hat dünne Spuren hinterlassen, die sehen widerlich aus, findet Paul. Und Mirjams Finger wirken fett und alt, so wie sie die Tasse umklammert. Sie hinterlässt Fingerabdrücke auf dem Porzellan. Hier ist alles so versifft, findet Paul. Ab und an rührt sie mit dem Löffel durch den Kakao. Das macht schwappende Geräusche, das lässt das Porzellan klirren und schallt unerträglich in Pauls Ohren.

»Hast du dich schon für ein Volo beworben?«

»Nein.«

»Du musst dich ranhalten. Sonst sind die guten Stellen weg.«

»Werde ich machen.«

»Vielleicht kann ich dich ja unterstützen, ich habe super Kontakte.«

»Brauchst du nicht. Was soll ich mit deinen Sachen machen?«

»Mit meinen Sachen?«

»In der Wohnung. Wenn deine Sachen dableiben, kann ich das Zimmer nicht untervermieten.«

»Die kannst du verkaufen oder wegschmeißen. Ich habe nur mitgenommen, was ich brauche.«

»Ich soll deinen Müll entsorgen?«

»Ich arbeite jetzt, ich hab nicht so viel Zeit wie du. Du bist schließlich im Urlaubssemester.«

»Du musst die Miete nachzahlen für die Monate, in denen ich das Zimmer nicht untervermieten konnte. Und die Entrümplung. Du verdienst jetzt. In deinem Volo.«

»Mirjam, was soll das? Willst du jetzt einen peinlichen Scheidungsstreit anfangen?«
»Nein, ich will mich nicht streiten. Du bezahlst einfach deine Schulden, dann ist alles erledigt.«
»Du bist so dreist.«
»Ich?«
»Wer sonst? Wer hat wen vertrieben?«
»Überweis mir das Geld und wir müssen nie wieder miteinander reden.«
»Bist selbstbewusst geworden in dem Jahr.«
Paul pfeift süffisant. Weil er weiß, dass sie das bei Männern am meisten hasst. Dass sie sich darüber stundenlang aufregen kann. Dass sie an ihm mochte, dass er nie so war.
Wann geht sie endlich, denkt Paul. Wann springt sie auf, wann rennt sie weg. Wann erträgt sie die Situation nicht mehr. So wie er sie nicht mehr ertragen hat. Wie er wegmusste, nach dem einen Gespräch. So muss sie doch jetzt auch wegmüssen, oder nicht? Es nicht ertragen, das Gefühl haben, auseinandergerissen zu werden von seinen Worten. Wieso hält sie das aus? Sie ist doch sonst nicht so hart, ist doch sonst so leicht zu erschüttern, oder nicht? Oder er hat sie eben nie gekannt, wie sie ihn nie gekannt hat.
»Falls es nichts mehr zu besprechen gibt, würde ich dann langsam los«, sagt Paul so wie bei einem schlechten Kaffeedate.
»Wie du magst«, antwortet Mirjam und schaut ihn kalt an. Paul steht auf. Nickt einmal und verlässt mit

entschlossenen Schritten das Café. Nachdem er um eine Ecke gebogen ist, spürt er sein Herz rasen und ein Pochen in seiner Schläfe. Er hat Kopfschmerzen und weiß nicht, warum. Schnell läuft er eine Runde um den Block. Kehrt dann zurück in die Straße mit dem Café, betritt einen Laden auf der gegenüberliegenden Seite. Da gibt es Spielzeug. Teure Stofftiere mit hübschen Gesichtern und bunte Holzfigürchen. Paul schaut durch das Schaufenster zu Mirjam. Die ist immer noch in dem Café auf demselben Platz. Nur da, wo Paul saß, sitzt jetzt eine Frau. Sie umklammert Mirjams Hände und schaut in Mirjams Gesicht. Mirjam schaut zurück.

Paul will nicht zu diesem Selbstbedienungscafé gehen. Auch nicht zu den anderen Orten, an denen er schon mal war in dieser Stadt. Das sind viele. Parks und Cafés, Drogerien und Supermärkte, heruntergekommene Straßen und dekadente Viertel. Paul kennt die ganze Stadt, denkt er auf einmal. Außer das neue Krankenhaus.

10

Spes tut so, als würde sie schlafen. Weil Erwachsene im Raum reden. Weil die aufhören würden, wenn sie wüssten: Spes hört mit. Die Stimmen sind dumpf. Beson-

ders die vom Großvater. Die klingt ganz weit entfernt. Die ist nicht wütend, die ist nicht laut und polternd. Die ist leise. Die ist, als würde der Großvater um etwas bitten. Normalerweise bittet der Großvater nicht. Er fordert. Einmal sagt er zu Spes, dass man mit ruhigem Betteln nicht weiterkommt. Dass man sich und seine Bedürfnisse behaupten muss. Und Spes weiß nicht, was er meint. Weil Bedürfnisse ja einfach da sind und man mit denen eigentlich nichts machen muss. Spes zumindest nicht. Aber Spes ist auch anders.
Der Großvater und die anderen Stimmen benutzen lange Worte. Worte, die Spes nicht kennt, überhört sie manchmal. Beim Lauschen merkt Spes, dass sie nur sehr wenige Worte kennt. Sie kennt nur: Risiko, Transplantation, enorm zeitintensiv, Wagnis, ungewisser Ausgang.
Eigentlich sind das keine schlechten Worte. Eigentlich sind das genau die Worte, die man braucht, wenn sich was ändern soll.
Spes weiß auch, dass Wagnis etwas Gutes ist. Zumindest in Geschichten ist das was Gutes, sonst würde gar keine Geschichte losgehen. Spes überlegt, ob sie jetzt eine Geschichte ist. Ob sie die Heldin in einer Geschichte ist, weil so viel Wagnis und Risiko um sie herum ist. Sie merkt, dass nicht sie das Wagnis auf sich nimmt, sondern die Stimmen. Und dann wäre Spes das Risiko und der ungewisse Ausgang. Wie der Zauberwald, durch den die Heldin in der Geschichte gehen muss. Spes stellt sich ihren Körper als Zauberwald vor.

Einen roten Wald mit tiefen Löchern, mit dunkelroten Flüssen. Wer da durchgeht, wagt wirklich etwas.

11

Kadir sitzt auf dem Fahrersitz und steuert das Auto über die brüchige Straße. Es ruckelt beim Fahren. Mirjam schaut aus dem Fenster. Neben der Fahrbahn erhebt sich eine Mülldeponie. Stinkt so sehr, dass Mirjam sich fast übergeben muss. Sie hält die Hand vor Mund und Nase. Das bringt nicht viel. Möwen kreisen über der Deponie. Oder hocken auf den Hochspannungsleitungen, um die Situation zu analysieren. Sie überlegen, was für sie die beste Beute ist. Menschen kraxeln über die Mülldeponie. Stützen sich mit Gehstöcken, damit sie nicht einsinken. Die Gesichter sind verhüllt. Auf dem Rücken tragen sie Körbe.

»Dass die Leute die Mülldeponie nach Brauchbarem absuchen, das gab es vor zwei Jahren noch nicht«, sagt Kadir. »Früher sind hier nur ein paar Tiere drauf rumgerannt.

Wilde Hunde und streunende Katzen. Sonst nichts. Früher wurde der Müll auch noch verbrannt. Das ist dem Staat dann irgendwann zu teuer geworden. Ich frage mich, wie groß diese Deponie noch werden soll. Stellt euch vor, irgendwann ist die höher als unsere Berge.«

Mirjam schmunzelt bitter und erinnert sich an die Slums auf den Deponien, die sie einmal besucht hat. Erinnert sich an den Jungen, der dort jedes Glitzerpapier sammelt, weil er sich sicher ist: Das sind Gebete. Der die Papiere zum Wasser trägt und sie schwimmen lässt. Ihnen hinterherguckt, bis sie untergehen oder vom Wind weggetragen werden.

Auf dem Rücksitz sitzt Bela, lässt das Fenster herunter, damit er nicht durch die Scheibe fotografieren muss. Höllischer Gestank dringt ungehindert in das Auto. An diesem Tag ist es das erste Mal kühl. Jetzt ist der Herbst auch hier angekommen, denkt Mirjam.

»Willst du, dass wir anhalten?«, fragt sie. Bela überlegt einen Moment, sagt dann: »Ja.«

Kadir hält. Die Sonne steht tief. Sie färbt die Hafenkräne rot ein, die sind nur noch einen oder zwei Kilometer entfernt. Das Licht legt sich als heller Schimmer auf die Wasseroberfläche. Mirjam dreht sich um und schaut durch den Rückspiegel noch einmal zur Mülldeponie. Von der strahlt Wärme ab, Dämpfe steigen auf. Die schillern violett. Einen Moment denkt Mirjam: Deshalb liegen die Hügel immer im Nebel.

Bis sie merkt, dass es Unsinn ist. Bis sie sich ärgert, so was Dummes gedacht zu haben. Sie lässt den Blick schweifen, über die Menschen, die auf der Deponie laufen, zu den Gebäuden am Hafen.

»Guckt mal, da brennt's«, sagt sie und deutet auf eine graue Rauchsäule, die sich in den Himmel windet.

12

In einem Körper kann alles zusammenbrechen. Da sind die Organe, die Gefäße, die Nerven-und Blutbahnen so filigran aufeinandergesetzt, dass ihr Konstrukt zusammenfallen kann. Ganz leicht durch eine Explosion, durch einen Zusammenbruch. Durch eine Erschütterung, die zu viel ist für die feinen Verstrebungen.

In mir bricht alles zusammen, denkt Achura. Immer noch in dem Bett liegend, in dem es zu warm geworden ist. In einem Körper, der nichts mehr mitbekommt. Mit einem Kopf, der Achura Bilder vorspielt. Wieder und wieder. Achura auf dem schwarzen Stuhl mit Mikro. Achura auf dem Cover der Zeitschrift. Achura auf dem Passfoto, Achuras Rücken durchleuchtet als Röntgenbild. Und Achuras Kiefer. Aus dem wachsen die Zähne schief. Achura als Kind mit der Schultüte und Zahnlücke. Das erste Foto, das es von Achura gibt. Da ist sie schon sechs. Dann ganz lange wieder nichts. Und dann Selfiefluten, als sie das erste Handy mit Kamera bekommt. Das kauft sie gebraucht der Mutter von dem Kind ab, dem sie Nachhilfe gibt. Da ist sie in der Oberstufe, kurz vorm Abitur. Und findet: Ich sehe jeden Tag anders aus. Jeden Tag neu.

Und jetzt im Kopf, in dem die Bilder wirbeln. In dem sie aufblitzen nacheinander. Sich auf einen Stapel legen. Der ist ein Schutthaufen, denkt Achura. Das muss ich Mirjam sagen, oder nicht? Und ruft sie an, einfach so. Hört nur: »The person you have called is temporarily not available.«

13

Paul steigt an der Station Klinikum aus der U-Bahn. Die Station ist frisch saniert. Futuristische Lampen hängen von der Decke. Aus den U-Bahn-Schächten leuchtet es blau. Bildschirme hängen an den Säulen und zeigen Werbung. Ab und an kommen Kurznachrichten. Dann wieder Werbung. Für eine Dating-App für Best Ager. Ob irgendwann auch ein Bild von ihm kommt auf diesem Bildschirm? Oder ist sein Skandal jetzt schon vorbei?
Paul glaubt schon. Ein Skandal hält nicht länger als ein paar Tage für die Öffentlichkeit. Nur für die Personen, die es betrifft, hört er nie wieder auf. Aber das ist Paul egal. Weil es so viel gibt, was eigentlich für immer halten sollte und schon aufgehört hat. Als er den Hund kauft, denkt er, den habe ich jetzt für immer. Jetzt ist der im Tierheim oder jemand aus der Nachbarschaft hat ihn zu sich genommen. Oder er liegt verhungert oder verdurstet in der Wohnung. Als er das erste Mal mit Mirjam spricht, denkt er: Das mit uns bleibt ewig. Als er anfängt zu schreiben, ist er sich sicher: Damit höre ich nicht mehr auf.
Jetzt steht Paul mit einem Stofftier an der U-Bahn-

Station Klinikum. Die ist hellgrau gefliest. Vielleicht, weil das gerade modern ist, oder damit man nicht zu optimistisch ins Krankenhaus geht. Leute starren Paul an. Vielleicht, weil sie ihn erkennen. Vielleicht, weil sie sehen, wie verdreckt seine Hose, wie zerbeult seine Jacke ist. Weil sie sich wundern, dass er mit einem Stofftier herumläuft voller Blutspuren. Sieht man das Blut in dem pinken Fell überhaupt? Paul wendet das Tier. Verklebte braune Spuren sind da, wo er es festgehalten hat. Auch ein Blutfleck auf dem Glitzerauge. Paul knibbelt mit dem Fingernagel das trockene Blut vom Auge.

Dreht sich dann zum Screen. Da taucht das Tagesschaublau auf. Und ein Bild von einer in den Himmel steigenden Rauchsäule. Die sieht massiv aus. Dicker, fester Qualm. Der restliche Himmel ist blau. Keine andere Wolke, kein Kondensstreifen, nur die Säule. Die Gebäude neben der Rauchsäule sind hell. Ein kastiger Gebäudekomplex liegt direkt vor der Säule. Paul kann nicht erkennen, was da brennt. Ob es vielleicht ein Schiff ist oder eine Halle. Von der linken Seite ragen rechteckige Wasserflächen ins Bild. Ein Hafenbecken, denkt Paul und sieht dann, wie auf einmal Rot dazukommt, wie die Säule auf einmal mickrig erscheint, weil da eine Welle kommt. Eine Druckwelle. Rot und Grau und Orange. Die drücken sich nach außen, nach oben. Die türmen sich auf. An den Seiten. Die quellen aus der Rauchwolke heraus. Sind dann nicht mehr zu sehen. Auf einmal ist alles weiß. Alles noch

größer. Eine weiße Wucht, die die Farben überdeckt. Weiter in den Himmel reicht und weiter in alle Seiten. Die Kamera wackelt und das Bild taumelt. Nur noch Wuchtweiß am linken Bildrand. Der Rest fällt.
Das Bild strauchelt über Laternenmasten, Cafétische mit Stühlen. Die Kamera ist auf einer Dachterrasse. Dann ist noch einmal Himmel mit fast nur noch Weiß und ein bisschen Blau zu sehen. Dann der Boden. Verschwommen. Und eine Art Grün.
Unter dem Bild läuft eine Bauchbinde. Da steht irgendwas mit »Explosion« und »zerstörerisch«.
Und der Name von dem Land. Paul schaut sich die Glitzeraugen vom Stofftier an, schaut, ob er irgendwelches Blut übersehen hat. Denkt: Oh, krass.
Er verlässt die U-Bahn-Station am Ausgang Notaufnahme.

NACHT

I

Durch das Fenster kann Spes den Mond sehen. Der ist nah an der Erde, der ist voll und rund und leuchtet so stark, dass Spes die Mondberge sehen kann. Das Fenster ist geschlossen. Die Vorhänge sind still. Es ist Flaute auf dem Meer, denkt Spes. Es ist Ruhe. Die Möwen schlafen und kreisen über der Brandung. Nichts raschelt im Schilf. Der Strand, an dem Spes liegt, ist ein Strand zum Schlafen. Die Haut tut nicht weh, die macht gar nichts. Der Großvater sagt, das liegt an den Medikamenten. Als Spes fragt, warum sie die nicht vorher bekommen hat, antwortet der Großvater nicht.
Der Großvater ist nicht mehr da. Der darf nicht über Nacht im Krankenhaus bleiben.
Das ist die letzte Nacht, in der Spes wach ist, das weiß sie. Das hat die Ärztin gesagt und der Großvater. Sobald es Morgen wird, wird sie schlafen. Ganz tief, ganz lange. Da kommen sie dann mit einem Schäler, fahren einmal über den ganzen Körper, schaben die gesamte Haut ab, suchen eine Stelle Haut, die noch in Ordnung ist. Die ist wie die Haut von anderen. Und dann machen sie diese Stelle in eine Maschine, in eine

Art Kopierer. Und die macht aus dem kleinen Stück ein großes Stück Haut. Spes soll einen neuen Kokon bekommen. Keinen aus Gips und keinen aus Mull. Sondern aus Hautteilchen. Die werden dann verklebt. Spes stellt sich vor, wie es sie noch mal geben wird. Ihre Umrisse nur aus Haut, wie eine leere Schale. Und die wird dann über Spes gestülpt, wenn sie fertig ist, die Hülle. Und solange muss Spes schlafen.
Im Fernsehen hat Spes mal eine Zeichentricksendung über einen Bildhauer gesehen. Der hat eine Statue von einer Frau gemacht, die einen toten Mann auf dem Schoß hatte. Der lag in ihren Armen und hatte verletzte Haut. Und die Frau ein Kleid, das aussah wie echt. Weil der Bildhauer in den Stein richtige Falten gemeißelt hat. Dieser Bildhauer hat auch eine Statue von einem nackten Mann gemacht. Die findet Spes ein bisschen peinlich. Der Großvater sagt ihr beim Fernsehen: »Wir müssen unbedingt nach Florenz, dann kann ich sie dir zeigen.«
Und Spes weiß nicht, warum sie eine Statue von einem nackten Mann besichtigen soll. In der Sendung sagen sie, dass die Proportionen von dem Mann falsch sind. Dass er ziemlich verzogen ist. Weil er eigentlich nicht auf einem Platz stehen sollte, sondern an einer Ecke in der zweiten oder dritten Etage von einem Haus. Also erhöht. Wenn man dann von unten hochgeschaut hätte, wären seine Proportionen richtig gewesen. Da wäre er nicht so ein verschrobener, nackter Mann auf einem Marktplatz.

Was ist, wenn die Ärztinnen die neue Spes-Haut aus Versehen falsch zusammensetzen. Und ihr Oberkörper viel zu lang wird und die Beine kurz und dick. Was, wenn die Ärztinnen das mit der neuen Spes-Haut nicht hinbekommen und die neue Haut so fest wie Stein wird und Spes nicht in ihr weiterwachsen kann.
Kann Haut überhaupt so fest werden? Spes ist sich nicht sicher. Der Großvater flucht manchmal, wenn in seinem Bastelkeller die Farben eintrocknen und steinhart sind, wenn der Käse zu lange im Kühlschrank ist und die Ränder fest werden, wenn das Brot im Kasten so hart ist, dass man es nicht mehr schneiden kann.
Spes hört, wie ein Bett durch den Krankenhausflur geschoben wird. Und leises Murmeln. Ob sie jemanden zum Operieren bringen? Ob sie jemandem ein Organ umtauschen werden oder die Nase schöner machen?
Spes lauscht. Kann das Gemurmel nicht verstehen. Sie überlegt, was mit ihr passiert, wenn die neue Hautschale fertig ist. Wenn alle Hautreste von Spes weg sind, ist sie keine Raupe mehr vor dem Verpuppen. Auch kein Schmetterling. Dann ist sie ein normales Kind. Oder zumindest in der Hülle von einem normalen Kind.
Die Ärztin hat gesagt, dass es vielleicht nicht klappt mit dem Spinnen der neuen Haut. Dass das erst einmal geklappt hat bei einem Jungen. Dass es bei allen anderen Kindern immer schiefgegangen ist. Dass sie es aber trotzdem bei Spes versuchen wollen. Weil sonst nur das Palliativ bleibt.

Spes schaut auf den Mond und stellt sich vor, jemand würde mit einem Schäler über den Mond fahren, bis die Berge weg sind. Bis der Mond nur noch eine glatte Scheibe ist. Die leuchtet wie eine Lampe. Die niemand länger anschaut als eine Minute. Weil: Ein glatter Mond ist langweilig. Ein glatter Mond ist nicht der richtige Mond. Spes denkt: Hoffentlich schaben sie dich nicht ab, Mond.
Spes denkt: Wenn sie mich abschaben und in eine Hülle stecken aus echter Haut, dann bin ich kein Wagnis mehr. Dann bin ich kein Zauberwald mit roten Flüssen und tiefen Tälern. Dann bin ich keine Geschichte mehr.
Spes schläft nicht ein. Spes ist wach. Bleibt wach, bis der Mond weggeht, bis er im hellblauen Morgen blass wird und plötzlich untergeht.

2

»Mirjam?«
»Ja.«
»Wo bist du?«
»Vor dem Hotel.«
»Bist du verletzt?«
»Keine Ahnung.«
»Wie sieht es da aus?«
»Normal.«

»Wie normal? Ist etwas kaputt?«
»Überall sind Glassplitter.«
»Und sonst?«
»Nichts.«
»Sitzt du auf dem Boden?«
»Nein, ich stehe.«
»Hast du Schmerzen beim Stehen?«
»Glaube nicht.«
»Beschreibe mir mal, wie es um dich herum aussieht.«
»Dunkel. Die Laternen funktionieren nicht mehr.«
»War es schon dunkel, als du am Hotel angekommen bist?«
»Ja.«
»Du solltest echt nicht am Hotel sein.«
»Wo soll ich sonst hin, Achura?«
Mirjam betrachtet die Vorhänge, die aus den zersprengten Fenstern hängen. Noch ein Windstoß und die Vorhänge sind weg, denkt Mirjam. Noch ein Windstoß und die weißen Vorhänge mit dem Grauschleier segeln über die Straße und werden vom Wind weitergetragen.
»Im Hafen ist es einfach explodiert.«
»Ich weiß, Mirjam.«
»Hast du es gesehen?«
»Ja, es gibt ganz viele Videos online.«
»Ich hab keins gemacht.«
»Musst du auch nicht.«
»Bela hat nichts fotografiert.«
»Muss er auch nicht. Wo ist Bela?«

»Der sitzt auf dem Bordstein. Der Schrank in meinem Zimmer ist einmal komplett durch den Raum gefegt und zusammengebrochen. Jetzt liegen da nur noch Bretter übereinander. Und mein Koffer muss auch weggeflogen sein. Habe ihn noch nicht gesehen.«

»Warst du in deinem Zimmer?«

»Ja, einmal kurz.«

»Magst du mal mit deinem Handy leuchten und schauen, ob der Koffer vielleicht auf der Straße liegt?«

»Warum?«

»Da sind deine Erste-Hilfe-Sachen drin. Ich glaube, du brauchst die.«

»Vielleicht bin ich gar nicht verletzt. Hörst du das?«

»Ja.«

»Das sind die Sirenen. Sie bringen die halbe Stadt ins Krankenhaus.«

»Du musst auch in ein Krankenhaus, glaube ich.«

»Das ist schon voll. Ich bleibe hier sitzen.«

»Fass mal deine Stirn an, Mirjam.«

»Warum?«

»Fass sie mal an und beschreibe mir, wie sie sich anfühlt.«

»Wie Stirn halt.«

»Ist es nass irgendwo?«

»Da ist ein Kratzer, rechts über dem Auge. Und die Stirn ist warm.«

»Wie groß ist der Kratzer?«

»Wie mein Daumen ungefähr. Es blutet aber nicht mehr. Meine Augenbraue ist verkrustet.«

»Lachst du, Mirjam?«
»Ja. Ist doch verrückt, oder? Ich bin ein kleines Stück geflogen.«
»Fahr mal mit der Hand über deinen Kopf.«
»Da sind Haare, ganz normal. Weißt du noch, wie sich meine Haare anfühlen?«
»Ja.«
»Als ich durch die Luft geflogen bin, hatte ich auf einmal Angst, dass es dich gar nicht gibt.«
»Mich gibt es.«
»Da habe ich gedacht, dass es nur mich gibt und sonst niemanden.«
»Das musstest du denken. Kannst du ein Stück gehen? Funktioniert das?«
»Ja, das geht. Weißt du noch, wie meine Beine sich anfühlen, Achura.«
»Ja.«
»Wie?«
»Die sind rau, wenn du von den Reisen kommst. Weil du sie unterwegs nicht eincremst. Wenn du zu lange duschst, lösen sich Hautschuppen ab. Wenn du dich eincremst, werden sie weich und glänzen für einen Moment. Manchmal küsse ich deine Schienbeine, manchmal deine Knie.«
»Mein eines Knie funktioniert nicht mehr. Ich kann das nicht beugen.«
»Dann lass es gestreckt, erst mal.«
»Achura? Meine Hände?«
»Deine Hände sind ganz schön faltig, dafür, dass

du noch so jung bist. Ich mag das. Und deine Handgelenke sind ziemlich breit. Weil dein Körperbau eher stabil ist. Deshalb passt das. Deine Finger sind breit und kurz. Die sind immer warm.«

»Meine Finger?«

»Deine Finger können sich elastisch anfühlen, deine Finger können ganz weich sein. Vielleicht fehlen mir deine Finger.«

»Meine Finger sind aufgerissen. Ich bin beim Aufprall über Steine geschlittert. Ich wollte mich auffangen. Ich konnte meinen Körper so komisch von außen sehen. Das war total absurd. Ich konnte sehen, wie ich lande. Nur verlangsamt.«

»Weißt du noch, deine Finger und ich?«

»Ja.«

»Weißt du noch, wie nervös ich war?«

»Ich war nervöser. Echt.«

»Kann nicht sein.«

»Lachst du, Achura?«

»Ja.«

»Wir konnten uns noch gar nicht richtig ansehen.«

»Du hast das Licht ausgemacht, nicht ich.«

»Ich war so aufgeregt. Ich hatte so Angst, dass du ...«

»Dass ich?«

»Wir haben da noch nie richtig drüber gesprochen, oder?«

»Nein.«

»Warum nicht?«

»Weil wir es vielleicht nicht gebraucht haben, oder?«

»Wahrscheinlich nicht.«
»Als ich gelandet bin, nach dem Fliegen, war überall der Müll von der Deponie. Ich lag unter Plastikfolien. Die haben geglänzt und gestunken. Ich dachte, das kann ja kein Ort sein, an dem ich jetzt bin. Ich bin auf dem Bauch gelandet. Wenn wir im Auto geblieben wären, hätten wir das Glas von der Windschutzscheibe abbekommen.«
»Gut, dass ihr vorher ausgestiegen seid.«
»Achura, wie lange ist die Explosion her?«
»Fünf Stunden ungefähr.«
»Kannst du dir vorstellen, dass diese Stadt einfach zerlöchert ist? Dass wir alle durch die Luft geflogen sind, einfach so?«
»Hast du irgendwo Wasser, Mirjam?«
»Weiß ich nicht.«
»Leuchte mal mit dem Handy um dich herum.«
»Das verschwendet Akku. Ich will lieber mit dir sprechen, bis der Akku leer ist.«
»Gut. Ich organisiere, dass du schnellstmöglich nach Hause kommst, in Ordnung?«
»Nein. Ich will hierbleiben.«
»Mirjam, das ergibt gar keinen Sinn. Ich rufe gleich in der Redaktion an und ...«
»Erzähl mir, was bei dir los ist.«
»Alles wie immer.«
»Du klingst nicht so.«
»Ich war krank heute und bin im Bett geblieben.«
»Du?«

»Ja.«
»Du bist doch nie krank.«
»Heute schon.«
»Heute war ein wirklich komischer Tag.«

Achuras Auflachen klingt durchs Telefon kratzig und so schräg, dass Mirjam mitlachen muss. Obwohl das in der Brust wehtut. Obwohl das zieht an den Mundwinkeln und an den Wangen. Mirjam stellt sich vor, sie wäre zu Hause. Stellt sich vor, sie würde unter der Dusche stehen und das Blut würde vom Wasser abgewaschen werden. Sie stellt sich vor, die Füße wären warm. Stellt sich vor, Achura würde im Arbeitszimmer hocken und laut telefonieren. Stellt sich vor, Achura würde nach dem Telefonieren zu Mirjam ins Bad kommen. Sich auf den Wannenrand setzen und genervt »Die spinnen alle« sagen. Danach Mirjam ein Handtuch reichen und im Spiegelschrank nach Pflastern suchen.
Über den Platz vor dem Hotel weht ein kühler Wind. Mirjam atmet tief ein. Sie ertastet ihren Bauchgurt. Darin sind ihr Pass, die Notfallmappe, die Powerbank. In Mirjams Körper lässt das Kribbeln nach, ihr Blick wird klarer, der Kopf hört auf zu schmerzen.

3

In Krankenhäusern darf man nachts nicht herumspazieren. Man darf davor warten bis zum nächsten Morgen. Nachts kommt man auch gar nicht so leicht ins Krankenhaus, ohne aufzufallen. Paul schon.

4

Auf Achuras Handy leuchtet die Buchungsbestätigung für Mirjams Rückflug auf. Erleichtert atmet sie aus. Sie hat alle Telefonate erledigt. Sie hat mit Bela sprechen können, mit der Redaktion, mit der Botschaft. Ihr Herz rast noch immer. Sie stellt sich vor, wie Mirjam nachts vor dem Hotel steht. Wie Bela und Mirjam sich auf den Weg zum Flughafen machen. Das wird alles klappen, redet Achura sich ein, kann es aber nicht ganz glauben. Erst wenn sie Mirjam am Flughafen in die Arme nimmt, dann ist es geschafft, denkt Achura. Am liebsten würde sie noch einmal bei Mirjam anrufen und die ganze Nacht bis zum Abflug sprechen. Aber Achura weiß, dass das nicht geht. Sie liegt auf dem Bett, immer noch in der gleichen Position. Die Beine sind ausgestreckt, keine Decke wärmt sie. Würde sie etwas spüren, wäre ihr kalt. Die Uhr tickt. Die Nacht vergeht zu langsam. Achura öffnet die App und hält den Aufnahmeknopf gedrückt. Zum Sprachnachrichtaufzeichnen. Achura stellt sich vor, wie Mirjam die Nachricht abhört. Am nächsten Morgen, wenn sie am Flughafen steht, kurz vor dem Boarding. Sich das Handy ans Ohr hält, damit die Nachricht leise abgespielt wird. Damit nur Mirjam hören kann, wie Achura sagt, dass sie sich nicht mehr bewegen kann, dass alles vorbei ist mit der Arbeit. Dass es nicht mehr weitergehen wird. Dass sie keine Bundestagsabgeordnete wird und keine Vorsitzende. Dass sie nie mehr im Fernsehen sein wird, in keiner Zeitung mehr. Einfach verschwindet von der Bildfläche, einfach so. Und dass das besser ist. Dass es keinen Sinn hat zu kämpfen gegen Bilder, die da sind. Weil sie eh stärker sind. Ist doch so, oder nicht? Gegen die haben Worte keine Chance, brauchen gar nicht antreten.

»Und ich liege im Bett. Fast bewusstlos«, würde Achura sagen.

Wenn sie eine Stimme hätte. Wenn die funktionieren würde, wie noch vor wenigen Minuten, wenn die noch da wäre. Aber die macht nicht mehr mit. In Achuras Hals sind zwei Bänder, die sich weigern, zu schwingen. Achura ist still.

5

In Krankenhäusern ist es nachts leise. Und Pauls Schritte sind fast zu laut. Er geht durch den Flur, er darf niemandem begegnen. Wenn jemand ihn sieht, wird er rausgeworfen werden und dann steht er in der kalten Nacht. In der Redaktion hat Paul erzählt, dass er jeden zweiten Nachmittag ins Krankenhaus geht. Wegen seiner kranken Tochter. Und dass er deshalb nicht zu den ganzen Veranstaltungen kommen kann. Nicht lange bei den Kaffeerunden herumhängt, dass er deshalb nicht so viel über Privates spricht. Weil er sich so große Sorgen macht, um sein Kind. Die Kollegen schauen ihn an und sagen: »Oh, das ist natürlich verständlich. Das tut mir sehr leid.«
Und der Chef sagt nichts, wenn Paul einen Artikel etwas zu spät abgibt, wenn er ein paar Fehler gemacht hat. Weil der Artikel trotzdem besser ist als der von allen anderen. Weil jeder Verständnis hat für Pauls Situation. Weil es ja auch so schwer ist mit der Mutter des Kindes. Weil Paul und sie sich im Krankenhaus so abwechseln, dass sie sich nicht begegnen müssen.
Wenn jemand fragt, was Pauls Tochter hat, sagt er Krebs. Aber nicht, was für einen. Er wird blass und bekommt wässrige Augen. Das passiert einfach, ohne dass Paul etwas dafür machen muss. Weil es ja wirklich sein könnte, dass er eine kranke Tochter hat. Und man an Eventualitäten genauso verzweifeln kann wie an der Wirklichkeit, oder?

An den Wänden hängen Bilder. Paul schaut sie nicht an. Es sind eh immer die gleichen. Monets Seerosenteich oder andere kitschige Landschaften. Paul findet an Landschaften nichts optimistisch. Er findet sie brutal.
Paul hört dumpfe Stimmen am Ende des Ganges. Und das Quietschen eines Bettes, gleich werden Menschen um die Ecke biegen, ihn sehen, ihn erkennen. Dann kann er die Hände heben und zeigen: Ich bin verletzt. Dann bringen sie ihn in die Notaufnahme und seine Hände werden genäht. Seine Hände schmerzen höllisch. Er hätte nicht die Stofftierhaare ausreißen sollen. Er hätte mit dem Stofftier verwachsen sollen.
Vorsichtig öffnet er eine der Türen. Lugt hinein. Im Zimmer steht nur ein einziges Bett. Das Fenster ist gekippt. Der Mond scheint in den Raum. Es ist still. Jemand liegt im Bett und schläft. An der Wand gegenüber vom Bett steht ein Stuhl. Paul setzt sich. Seine Augen müssen sich erst an die Dunkelheit gewöhnen.
Mit dem Jugendlichen sitzt Paul auch in einem Krankenhausflur. Im Keller, da wo die Toten in Kühlfächern liegen. Dort gibt es nur künstliches Licht. Draußen ist es dunkel. Der Jugendliche trägt eine dicke Jacke, trotzdem friert er. Zittert. Vielleicht weil er weiß, dass sein Bruder auch in so einem Kühlfach lag. Vielleicht, weil Paul ihm gesagt hat, dass die Politikerin in so einem Kühlfach liegt.
Paul hat die Kamera so offensichtlich auf den Knien,

dass der Jugendliche sie nicht bemerkt. Ihn stört nicht mehr, wenn Paul ihn fotografiert, weil er Paul nicht mehr anders kennt. Weil er noch kein einziges Foto von sich veröffentlicht gesehen hat, weil er nicht mehr glaubt, dass das irgendwann passieren wird.
»Die hat sich gestern umgebracht«, sagt Paul und schaut den Jungen nicht an. Fährt mit dem Blick über den Monetdruck an der Wand. Da sind ein wildes Blumenfeld und drei Bäume mit diffusen Blättern. Eine Frau, die durch das Blumenfeld spaziert. Mit Sonnenschirm, mit Hut. Das Kleid ist hellblau, wie die Schatten der Bäume. Das Gesicht der Frau ist nicht zu erkennen. Es besteht aus Farbflächen, die eng übereinanderliegen. Hinter ihr ist noch eine Figur. Ein Kind vielleicht. Und ganz im Hintergrund Berge. Die blauen aus.
Paul hört den Atem des Jungen. Der ist stockend. Ab und zu hustet der Junge trocken. Das klingt, als wäre er krank.
»Ist doch ihr Problem«, sagt der Junge glatt.
»Magst du Monet?«
»Was?«
»Gefällt dir das Bild, das da hängt? Das ist von Monet.«
»Ach, was.«
»Ich weiß ja nicht, ob du dich mit Kunst auskennst.«
»Monet kennt jeder, der zur Schule geht, oder nicht?«
»Hm. Weiß ich nicht. Also magst du ihn?«
»Nein.«
Der Jugendliche zieht die Jacke höher. Sein Kinn ver-

schwindet hinter dem Reißverschluss. Er sieht aus wie ein Kind, findet Paul. Vielleicht ist es die undeutliche Figur hinter der Frau. Die dunkelblaue Fläche im Feld. In diesem Bild ist alles Blau Schatten.

»Ich mag keine Kunst, bei der man nichts erkennen kann. Wenn ich so schlecht malen würde, würde ich mir auch das Ohr abhacken.«

»Das mit dem Ohr war van Gogh.«

Der Jugendliche schweigt. Irgendwo weiter hinten im Gang sind Schritte zu hören und das Quietschen von Bettrollen. Jemand wird geschoben. Vielleicht ein toter Körper, denkt Paul.

»Wie findest du die Frau auf dem Bild?«, fragt Paul.

»Normal.«

»Wie normal?«

»Sie sieht normal aus, finde ich. Die passt in die Landschaft. Die ist einfach da hingepunktet, wie die Bäume und diese Blumen vor ihr.«

»Die ist ziemlich undeutlich, oder?«

»Finde ich nicht.«

»Man kann ihr Gesicht nicht sehen. Sie geht in dem Bild irgendwie unter, oder nicht?«

»Na ja. Ist eine Frau.«

»Und du findest, Frauen sollen unscheinbar sein?«

Der Junge taucht wieder aus seinem Anorak auf und starrt das Bild an. Paul findet, dass der Himmel im Bild flimmert. Dass das Wetter im Bild umschlagen, die Frau und die Blumen und die Bäume vernichten könnte.

»Was findest du gut an dieser Frau?«
»Gar nichts.«
»Und was findest du schlecht?«
»Auch nichts.«
»Das ist für deine Verhältnisse ja schon gut.«
Paul lacht. Seine Stimme prallt an den Wänden ab, hallt durch den Flur. In diesem Flur zu lachen, ist unpassend. Paul hört auf.
Der Jugendliche verschränkt die Arme. Der Stoff seines Anoraks knirscht. Der Junge lässt seine abgebissenen Nägel auf den Boden fallen. Paul geht in die Hocke, hält das Objektiv nah an die Nägel heran, fotografiert sie.
»Warum wurden die Frauen weiter bedroht, nachdem dein Bruder sich umgebracht hat?«,
fragt Paul kurz nach dem Auslösen.
»Ich habe niemanden bedroht. Ich habe nur Bilder geschickt. An Leute, die nerven.«
»Fandst du die Politikerin, die jetzt tot ist, auch nervig?«
»Klar. War sie doch auch.«
»Also ich habe von der gar nichts wirklich mitbekommen.«
»Du bist ja auch zu wenig im Internet.«
»Und was hätte ich mitbekommen, wenn ich den ganzen Tag im Internet wäre?«
»Was die für Scheiße gelabert hat.«
»Ich hab ihren Namen gegoogelt und nichts wirklich Spannendes gefunden.«

»Die wirklich interessanten Sachen über sie sind nur in unserem Forum.«
»Zeig mal.«
Der Jugendliche zieht sein Handy aus der Tasche, tippt herum und öffnet ein Forum. Von dem hat Paul noch nie gehört. Der Junge scrollt durch die Videos. Klickt auf eins. Gedämpft dringt eine Stimme aus den Lautsprechern.

Die Augen haben sich an die Dunkelheit gewöhnt. Paul erkennt eine Zeitung, die auf dem Tisch neben dem Stuhl liegt, auf dem er sitzt. Und ein Buch mit römischen Sagen. Im Bett liegt ein Kind, glaubt Paul. Oder ein sehr kleiner Mensch. Die Wölbung des Körpers ist nicht länger als einen Meter zwanzig oder dreißig. Von seinem Platz kann Paul sehen, dass der Körper in Verbände eingewickelt ist. Dass das Gesicht nicht zu erkennen ist. Dass da jemand wie eine Mumie liegt. Paul schaut weg, weil man Schlafende nicht beobachtet, oder? Er nimmt das Buch mit den Sagen in die Hand. Klappt es auf. Kann nichts lesen. Es ist zu dunkel. Er lauscht. Im Flur ist es wieder still. Paul stellt das pinke Stofftier auf die Zeitung. Das Kind findet das Vieh vielleicht sogar schön. Kinder mögen Stofftiere. Besonders wenn sie krank sind. Da freuen sie sich über alles. Auch über ein pinkes Federvieh mit ein bisschen Schlamm.
Leise schleicht Paul sich aus dem Zimmer. Schließt die Tür hinter sich. Im Flur ist es hell.

Im Licht öffnet Paul das Buch. An einer Stelle ist ein Eselsohr. Paul schlägt es dort auf, liest die Überschrift: *Spes. lat. für Hoffnung*

6

Es dämmert nicht. Es ist einfach Nacht und dunkel. Durchs Schlafzimmerfenster fallen keine Laternenschimmer. Das Fenster zeigt zum Hinterhof. Achura schläft nicht. Weil es vor ihren Augen flimmert. Bilder stürzen und Worte prasseln, die hat sie mal gesagt, prasseln auf sie ein. Momente flackern. Von denen sie nicht sicher ist, ob sie sie wirklich erlebt hat.
Achura hört Bahnhofsrauschen, Durchsagen, hört ihre schlagenden Schritte am Gleis entlanghallen. Vor so vielen Jahren. Spürt, wie ihr Herz rast. Achura liebt Herzrasen, dann merkt sie, dass sie lebt. Dass etwas in Bewegung ist, und bewegen ist gut, das braucht sie und sie muss schnell sein. Damit sie überpünktlich ist. Noch Zeit hat für smarten Small Talk vor der Sitzung. Und die in der Partei denken: Die ist gut. Die wählen wir zur Landtagsabgeordneten auf dem nächsten Parteitag.
Achura mag, wenn sie Atem verschlingen muss, wenn sie kaum hinterherkommt mit ihren Beinen beim Laufen. Wenn nichts sie aufhalten kann und alle, die sie so sehen, wissen:

Die hat was vor und die wird das erreichen.
Achura, die auf einmal abbremsen muss. Weil ihr jemand vor die Nase springt. Jemand in Schlammgrün. Jemand mit eindringlichen Augen, die machen, dass Achura sich nicht vorbeiwindet, die erschöpft aussehen auf den zweiten Blick. Aber besonders. Einfach nur besonders.
»Haben Sie diesen Mann gesehen?«, fragt die Frau mit den Augen und dem Grün.
Und Achura denkt im ersten Moment: Jetzt zeigt die mir ein Bild von Jesus und will, dass ich in eine Sekte eintrete. Aber auf dem Ausdruck ist kein Jesus, sondern ein Gesicht mit spitzem Kinn, mit Augen, die was Kaltes haben, und einem Mund, der sich zum Lächeln quält.
Der sieht ja gestört aus, denkt Achura und sagt: »Nein«, damit sie weiterkann, noch die U-Bahn erwischt.
»Sie haben noch gar nicht richtig geguckt!«, sagt die Frau scharf und stellt sich Achura in den Weg.
»Aber ich habe ihn echt nicht gesehen«, antwortet Achura schroff.
Mirjam hält das Bild höher, direkt vor Achuras Gesicht.
»Wer ist das?«, fragt Achura.
»Paul. Paul ist einfach verschwunden von einem Tag auf den anderen.«
»Ist das dein Freund?«
»Nein. Paul ist mein Mitbewohner.«
»Und du hast keine Ahnung, warum er weggegangen ist?«

»Er ist nicht weggegangen, er ist verschwunden.«
»Wie lange schon?«
»Elf Monate.«
»Hm«, macht Achura nur. Sie nimmt das Blatt in die Hand. Es ist auf Umweltpapier gedruckt. Unten steht eine Telefonnummer.
»Und da kann ich dich anrufen, wenn ich ihn sehe?«, fragt Achura.
»Ja. Nimm das Blatt ruhig mit. Ich habe viele davon. Wenn du ihn siehst, schreibst du mir, ja?«
»Mach ich«, sagt Achura und entscheidet: Den finde ich. Und dann rufe ich sie an. Die mit dem Schlammgrün. Und dann wird irgendwas anders.

WÄHREND

Während es kälter wird und Winter, ist Spes im Krankenhaus und träumt vom Meer. Ihr werden Hautzellen entnommen und unters Mikroskop gelegt.
Während Spes schläft, findet Mirjam ihren Koffer am Tag nach der Explosion aufgeplatzt auf der Straße. Ihre Kleidung weht in die Seitengassen. Das Erste-Hilfe-Set ist weg. Und das Notizbuch für Achura auch.
Während Mirjam entscheidet, noch für ein paar Wochen in dem Land zu bleiben, und der gebuchte Flug ohne sie und Bela geht, reißt sich Achura vom Bett los. Obwohl der Körper nicht will, obwohl der Körper nicht kann und die Knie wegsacken, zieht sie sich an. Irgendwas Graues, Unauffälliges und schleppt sich aus dem Haus, zwingt sich in die Straßenbahn, fährt ins Büro, in den Landtag. Hört sich an, was besprochen wird, reagiert, wenn es was zu reagieren gibt. Sonst ist sie still.
Während Achura still ist und alles abnickt, fragt sich Paul, wo überhaupt das Feld ist, auf dem er gestolpert ist. Am Anfang der Reise.
Während Paul es nicht einfällt, stellen sie im Krankenhaus fest, dass achtzig Prozent von Spes' Haut zerstört

sind. Dass zwanzig Prozent gesunde Haut nicht reichen zum Leben.
Während der Großvater die Ärztin überredet, die schwierige Methode zu versuchen, kann Achura der Parteikollegin nicht ins Gesicht schauen und sucht mit den Augen den Boden ab. Was, wenn sie das Video gesehen hat? Was, wenn es nicht auf YouTube gestellt, aber verschickt wurde? Wenn sie es schon kennt und nur so tut, als würde sie nichts davon wissen? Was, wenn die in der Partei schon darüber reden? So wie sie früher auch über Achura reden, als sie noch neu ist und ein Talent und sie Jahre später erfährt, dass über sie gesagt wird: »Diese Achura kann uns wirklich voranbringen, die ist genau, was die jungen Leute jetzt wollen.«
Während Achura sich sicher ist, dass alle über sie sagen: »Eigentlich ist sie nicht mehr tragbar für uns. Wir sollten schauen, dass sie ein bisschen aus dem Mittelpunkt gerückt wird«, friert der See zu. Ganz dünn und so, dass das Eis bricht, bei der ersten Berührung.
Während der Jugendliche seine Fußspitze auf die Fläche stellt und es knackt, erreichen Spes' Hautteilchen das Labor. Dort werden epidermale Stammzellen isoliert. Und ein gesundes Gen in die Stammzellen eingeschleust. Das geht mit einem für den Gentransport veränderten Viruspartikel. In einem Reinraumlabor werden die veränderten Partikel zu Hauttransplantaten verarbeitet.

Während Spes operiert wird und die ersten Transplantate eingesetzt werden, telefoniert Mirjam mit der Redaktion und versucht zu beschreiben, was ist.
Während Mirjam keine Worte findet, klickt Achura das Video wieder an. Schaut noch mal, wie und was sie da redet. Sie kann es bei jedem Schauen weniger glauben.
Während Achura alte Fotos durchsucht und Videoaufzeichnungen, die es von ihr gibt, und mit dem Video abgleicht, wird Spes das zweite und das dritte Mal operiert. Bis fast überall neue Haut ist. Außer im Nackenbereich und in der rechten Fußsohle.
Während der Großvater die Winterdunkelheit und das Warten während der OPs verflucht, überlegt Achura, warum sie eigentlich in die Öffentlichkeit gehen wollte. Und findet keine Antwort mehr.
Während Achura es nicht schafft, die Wohnung zu verlassen, wegen der Beine, die so schwer sind, löst der Regen die dünnen Eisschollen auf dem See auf.

VERNARBEN

TAG

I

»My government did this!«, steht auf den Mauerresten am Hafen. Bela macht ein Foto. Er hinkt leicht. Bei der Explosion ist er härter auf dem Boden aufgeschlagen als Mirjam. Sein Handgelenk war lange verstaucht. Und noch immer fällt es ihm schwer, die Kamera zu halten.
Das Wasser im Hafenbecken ist verfärbt. Es ist grünlich. Braune Trümmerteile bilden Inseln darin. Wie ein Felsen steht der Gebäuderest zwischen dem Zerfallenen. Im Hafen gibt es keine klaren Farben mehr. Nur noch Mischtöne. Nur Braun und Grau und noch mehr Braun. Gibt es keine klaren Formen. Kein einziger Quader, kein einziger rechter Winkel. Nur Gerippe von Häusern, nur Reste von Kränen, nur Schuttansammlungen. Vielleicht war das nie ein Hafen, denkt Mirjam. Vielleicht war das nie mehr als eine karge Landschaft. Eine raue, eine, in der man nicht leben kann, nicht leben will. Mirjam nimmt einen kleinen Stein hoch. Er ist voller Staub, er riecht nach Chemie. Sie lässt ihn fallen, streift die Hand an der Hose ab. Aber die ist auch staubig. Neben Bela und Mirjam streifen einige Kamerateams über die Landschaft, stolpern herum. Stellen

Reporterinnen so vor die Linse, dass der Gebäudefelsen gut zu sehen ist.
Der Himmel ist hellblau, schwache Wolken ziehen über ihn hinweg. Die haben was Schlammiges, findet Mirjam.

2

In der Wohnung ist es kühl. Paul hätte die Heizung aufdrehen müssen. Aber Paul steht nicht auf. Er sitzt auf seinem Stuhl und weiß nicht, wie lange schon. Vielleicht Tage, Monate, Wochen? Oder erst wenige Stunden. Wie oft hat er den Schlüssel schon über die Handflächen gezogen. Einmal links und einmal rechts. Immer so weiter. Jetzt sind tiefe Kratzer in der Haut. Die linke Hand blutet. Damit die Kratzer heilen, müsste er aufhören. Aber Paul kann nicht. Wieder und wieder setzt er den Schlüssel auf die Haut und zieht ihn von Mittelfinger zu Handgelenk. Vielleicht brauchen die nicht verheilen, denkt Paul. Die Kratzer, die mit jedem Streichen tiefer werden.
Wenn Paul wirklich einen Hund hätte, würde der kommen und an Pauls Händen lecken. Hundespeichel heilt alle Wunden, oder nicht? Aber hier ist kein Hund. Kein toter und auch kein lebendiger. Es gibt auch keine Spuren von einem Hund, der kürzlich ins Tierheim gebracht wurde. In dieser Wohnung war noch nie ein Hund. Zumindest nicht, seit Paul hier

wohnt. Er versucht sich zu erinnern, wann er sich auf den Stuhl gesetzt hat, warum er angefangen hat, mit dem Wohnungsschlüssel seine Hände zu zerkratzen. Vielleicht um nachzudenken, vielleicht um einen Plan zu machen. Andere Menschen kauen an den Fingernägeln, und er zieht den Schlüssel immer wieder über die Handflächen, während er nachdenkt. Und obwohl er schon so lange denkt, kommt er auf nichts.
Paul starrt geradeaus. Die Wände sind kahl und weiß. Keine Bilder hängen daran. Keine Vorhänge baumeln an den Fenstern. Paul findet nie die Zeit, sich einzurichten. Alle paar Jahre fährt er ins Möbelhaus. Zieht mit Zettel und Stift vorbei an den Beispielwohnungen, notiert Modellnummern und Regalfächer. Ist sich sicher, dass gelbe Vorhänge schön wären und ein paar Kerzenständer in Schwarz. Steht dann mit einem Wagen voller Kartons an der Kasse, stellt sich vor, wie die Möbel in der Wohnung stehen, wie sie da stehen bleiben, wenn er verschwindet, wie sie von einem Entrümpelungsunternehmen in Container geworfen werden, wie sie zersplittern beim Aufprall. In der Schlange überlegt er, wie oft er schon verschwunden ist, versucht zu zählen, wie viele Wohnungen, Beziehungen, Freundschaften er wortlos und für immer verlassen hat. Und weil er es nicht mehr zusammenbekommt, überschlägt er, wie viel er für die Möbel ausgeben würde. Findet, dass das zu viel ist, dafür, dass die Möbel auf der Mülldeponie landen. Paul windet sich aus der Schlange, wird den vollgepackten Wagen in einem Gang los. Isst

noch eine Portion Fleischbällchen im Bistro und fährt wieder nach Hause. Dort kommen die Wände ihm nicht mehr zu kahl vor, sondern beruhigend.
Das Weiß ist ohne Muster und ohne Erinnerungen. So wie Paul vor dem Neuanfangen sein muss. Aber jetzt fühlt er sich nicht leer und unbeschrieben. Er ist aufgewühlt, obwohl er doch entspannt sein könnte. Paul weiß doch eigentlich, wie das Neuanfangen geht. Er hat es doch schon so oft gemacht. Verschwinden ist viel leichter, als es sich die vorstellen, die noch nie verschwunden und noch nie wieder aufgetaucht sind. Zum Verschwinden muss man mutig sein und für das Auftauchen dreist. Auftauchen wird nur schwer, wenn man zulässt, infrage gestellt zu werden, wenn die Kraft nicht reicht, vor sich selbst zu behaupten, dass man schon immer da war, in dieser Situation, und dass es das Davor nie gab. Paul erinnert sich an die Kraft, die er hat, als er sein Fahrrad festschließt und in der Studierendenstadt in die Regionalbahn springt. Er weiß noch, wie viele Ideen da in ihm sprudeln und er sich sicher ist: Eine wird gelingen. Er weiß, wie berauschend sich das Verschwinden anfühlt. Ein Kick, besser als auf den Gleisen zu stehen und wegzuspringen, wenn der Zug näher auf ihn zurollt. Lachend ins Gras stürzen, wenn der Zug hupt, und es noch mal machen wollen. Unbedingt noch mal.
Wieder fährt Paul mit den Schlüsselzähnen über die Hand. In der linken Wunde bleiben sie hängen. Er muss ziehen, um sie herauszubekommen.

Wenn er jetzt irgendwo auftauchen würde, wäre er kein unbeschriebenes Blatt mehr. Niemand, der einen Platz einnimmt, den es vorher noch gar nicht gab. Er wäre jemand, der wiederauftaucht, der sich rechtfertigen muss, der aus nichts mehr herauskommt. Die rechte Hand fängt an zu bluten. Paul ist müde, vielleicht von seiner Flucht, vom Rennen, vom Sitzen. Vielleicht ist er auch einfach matt, denkt er. Weil das bunte Stofftier nicht da ist, weil er seine Karte mit dem Bild und dem Namen nie mehr benutzen kann. Vielleicht weil er keine Idee hat, was kommen könnte. Jetzt, nach allem.

Paul überlegt, ob er wirklich losgelaufen ist, vor ein paar Wochen. Oder ob er in Wahrheit die ganze Zeit hier saß, auf diesem Stuhl. Den hat er vor Jahren vom Sperrmüll gefischt. Ihn weiß lackiert. So fällt er nicht so sehr auf im Raum. Paul überlegt, ob es das Feld gibt, auf dem er gestolpert ist. Und die Furchen mit den Steinen, an denen er sich die Hände aufgerissen hat. Die Kirche und den Zigarettenautomaten, den zerfleischten Igel im trockenen Swimmingpool.

Von draußen dringen Vogelstimmen in die Wohnung. Vielleicht ist es Frühling geworden, denkt Paul.

3

Die Straßenbahn fährt ab. Ohne Achura. Sie spiegelt sich in der Scheibe, auf der zerplatzen Regentropfen, rinnen den Wagen hinab. Sehen aus, als würden sie Achuras Spiegelbild wegwischen. Achura ist nicht eingestiegen. Einfach so. Ohne Grund. Hat sich nicht bewegt, als die Türen aufgegangen sind. Steht immer noch da und sieht, wie die Bahn an der Kreuzung verschwindet. Sie ist da nicht drin. Sie fährt nicht mit. Wird nicht pünktlich kommen. Sie könnte laufen. Losrennen durch den Frühlingsregen. Oder in die nächste Bahn steigen, aber die kommt erst in zehn Minuten und zehn Minuten bringen auch nichts. Achura taumelt zurück, als ein Auto so nah an der Station vorbeifährt und Pfützenwasser spritzt. Sie lässt sich auf die Metallbank neben dem Fahrplan fallen. Die ist nicht überdacht. Der Regen macht die Haare schwer, hängt die Locken aus. Vielleicht bin ich morgen krank, denkt Achura. Vielleicht habe ich eine Lungenentzündung. Vielleicht kann ich dann sagen:
Ich ziehe mich aus der Politik zurück, ich habe eine Lungenentzündung.
Achura weiß, dass sie keine Lungenentzündung bekommen wird, dass sie sich nicht zurückzieht. Zumindest nicht mehr als jetzt. Weil sie durchzieht, was sie angefangen hat.
Als Kind sitzt Achura oft auf dem Schulhof. Bei Regen. Wenn die anderen Sport haben und sie nicht mit-

machen darf, weil ihre Mutter ihr keine Sportkleidung mitgeben kann. Weil Achura sich nicht traut, dem Klassenlehrer zu sagen: »Herr Erdmann, ich brauche Unterstützung.« Und deshalb murmelt: »Ich habe mein Sportzeug zu Hause vergessen.«

Der Lehrer verdreht die Augen und findet, dass das nicht jede Woche sein kann. Als Strafe darf Achura nicht bei der Theater-AG mitmachen. Achura weiß noch, wie sie bei der Vorstellung in der Sporthalle sitzt und die Klassenmitglieder vor gemalten Kulissen aus Tapete sieht. Alle in bunten Kostümen. Die zum Applaus nach vorne treten und Achura sich bim Klatschen fühlt, als wäre sie gar nicht da. Als würde es sie in diesem Raum nicht geben.

Als Jugendliche zieht Achura die Karre mit den Werbeprospekten durch das Neubaugebiet mit den Einfamilienhäusern, tapst manchmal absichtlich in eine tiefe Pfütze und zieht Schlammspuren auf die weiß gefliesten Treppen, bevor sie die Prospekte einwirft.

Ich bin unsichtbar, denkt Achura beim Weiterschlendern. Beim Vorbeiziehen an den immer gleichen Häusern, die sich nur an den Türen unterscheiden. Aber darin gleichen, dass es alles Portale sind. Fest verschlossen und massiv.

Die leere Karre gibt Achura im Supermarkt ab. Da dudelt das Einkaufsradio, da jammern Kinder nach Süßigkeiten, da riecht es nach Putzmittel.

Achura zählt das Geld nach, sagt »Danke« und überlegt, was sie damit machen könnte. Süßigkeiten kaufen

vielleicht. Oder sparen und dann mal ins Kino gehen. Oder irgendwo etwas kaufen, das gegen Unsichtbarsein hilft. Etwas aus der Apotheke oder aus der Drogerie. Achura weiß nicht, was man gegen Unsichtbarsein machen kann. Sie setzt sich vor den Supermarkt. Auf einen der Blumenkübel. Die Bank ist von den Alkoholikern besetzt. Die wohnen in dem Hochhaus über dem Supermarkt. Neben dem Supermarkt ist ein Blumenladen, eine Apotheke. Ein Geschäft mit billiger Kleidung. In dem kauft Achuras Mutter nicht ein. Die geht nur zu C&A, weil da die Kleidung lange hält und vernünftig aussieht. Achura betrachtet die Leute, die aus dem Geschäft kommen. Manche fallen auf, manche nicht. Die, die auffallen, haben keine Angst, denkt Achura. Vielleicht muss man aufhören mit dem Angsthaben, wenn man sichtbar sein will. Achura schließt die Augen und entscheidet: Keine Angst mehr zu haben vor den Alkoholikern auf der Bank. Und nicht vor dem Alleine-Herumlaufen in diesem Viertel.
Keine Angst zu haben, nicht in AGs mitmachen zu dürfen und wenn jemand sie nicht mitmachen lassen will, zu protestieren.
Keine Angst zu haben vor Kontrolleuren in der U-Bahn und vor der Polizei überhaupt. Keine Angst zu haben vor den Nachbarn, die darauf warten, dass Achura endlich was falsch macht und sie sagen können: »Die Ausländerkinder wieder.«
Keine Angst zu haben, vor anderen zu sprechen. Und zu widersprechen. Endlich zu sagen, was sie denkt. Sie

hat ja schließlich keine schlechteren Gedanken als die anderen, die so viel quatschen. Endlich den Artikel für die Schulzeitung abzugeben, den hat sie seit Monaten fertig und der ist wichtig.
Entscheidet, keine Angst zu haben vor Träumen mit brennenden Häusern. Und davor, sich in Mädchen zu verlieben und nicht in Jungs.
Achura steht auf, streckt die Beine durch und den Rücken, zieht die Schultern zurück. So macht man das doch, wenn man selbstbewusst ist, oder nicht? In dem Kleidungsgeschäft stehen Puppen im Schaufenster. Die tragen Jeans und schwarze T-Shirts mit Glitzersteinchen. Nur die eine nicht. Die hat ein T-Shirt mit einem Farbstrudel. Damit falle ich auf, denkt Achura und kramt das Geld vom Supermarkt hervor.

Die nächste Straßenbahn hält und Achura bleibt, wo sie ist. Wundert sich, dass sie früher wirklich auffallen will. Dass das bunte T-Shirt alles verändert. Dass sie damit Schülersprecherin wird und Regisseurin in der Theater-AG. Dass sie sich nicht vorstellen kann, noch einmal unsichtbar zu sein. Achura weiß, dass sie eigentlich enttäuscht von sich sein muss. Dass man eigentlich nicht einfach so aufhört, zu kämpfen.

4

Der Rahmen klammert sich an der Leinwand fest. Von der ist nicht mehr viel da. Nur dünnes Gewebe. An den Ecken ist es noch bemalt. Das war ein düsteres Bild, erkennt Mirjam. Der Rest des Bildes ist weg. In alle Richtungen geschleudert worden. Auf dem Boden gelandet. Wie der Stuck von der Decke, wie die Kronleuchterärmchen. Auf den Récamieren und Sofas liegen brauner Staub und Glas. Die Fenster sind gesprungen. Wie in der ganzen Stadt.
In der Mitte des Zimmers ein Schutthaufen. Roger steht mit dem Besen daneben. Seine weißen Haare sind rußig. Seine Knochen müde. Er stützt sich auf dem Besen ab. Eine Platzwunde heilt auf seiner Stirn.
Mirjam schaut zu Bela. Der steht am Fenster und fotografiert die drei Arkaden ohne Scheiben. Und fotografiert die Hochhäuser dahinter. Nach dem Bürgerkrieg wurden die historischen Gebäude nicht restauriert, sondern abgerissen und durch moderne Hochhäuser ersetzt. Rogers Villa ist eines der letzten traditionellen Gebäude in der Stadt.
Mirjam bückt sich und hebt ein kleines Stück Marmor auf. Der Arm einer Skulptur. Vielleicht zehn Zentimeter lang.
»Weißt du, wo der Rest davon ist?«, fragt Mirjam vorsichtig und tritt näher an Roger heran. Er schaut auf den Arm. Auf die filigrane Hand mit den abgespreizten Fingern.

»Der ist von der Göttin. Hier auf dem kleinen Sekretär stand die kindliche Göttin.
Sie sitzt eigentlich auf einem Sockel und hält die Arme in die Höhe. So.«
Roger streckt die Hände aus, legt den Kopf in den Nacken. Starrt an die Decke, die mehrere Meter hoch ist.
»Was ist das für eine Göttin?«
»Römisch. Die kindliche Göttin der Erneuerung. Spes heißt die. Schade, dass nur noch ihr Arm da ist.«
Roger lacht bitter. »Weißt du, diese Villa hat alles überlebt. Die Kolonialzeit, alle anderen Besetzungen, die Weltkriege, den Bürgerkrieg. Und jetzt das.«
Roger fischt geschliffenes Glas vom Boden und hält es gegen das Licht. Es bricht sich im Kristall, streut durch den ganzen Raum.
»Solche Kristalle hingen in jeder Ecke. Das kannst du dir gar nicht vorstellen, oder? Hier gab es zu jeder Tageszeit Lichtspiele an den Wänden. Lichtpunkte, die getanzt haben. Von Sonnenaufgang bis Sonnenuntergang hatte ich immer Gesellschaft.«
Mirjam betrachtet die Wände, an denen sind nur noch vereinzelte Bilderrahmenreste. Mirjam stellt sich vor, wie dort Gemälde hingen. Porträts in dunklen Farben, mit tief liegenden Augen. Die lebendig wurden durch die Lichtpunkttänze.
»Wie lange lebst du hier schon?«, fragt sie.
»Schon vierzig Jahre. Eigentlich sogar sechzig. Als Kind habe ich hier gelebt, bin dann nach Frankreich als jun-

ger Mann, nach dem Studium wieder zurück. Meine Familie hat immer Kunst gesammelt und Antiquitäten. Ich habe dann die Stiftung gegründet und das Palais zu einem Museum umgewandelt. Die Stiftung kümmert sich aber hauptsächlich um die Förderung von Künstlerinnen und Künstlern aus der ganzen Welt.«
»Zum Großteil werden französische Künstlerinnen und Künstler gefördert.«
»Das stimmt. Aber das liegt nicht an deren Nationalität. Wir haben nur nach den Werken entschieden.«
»Und die Werke regionaler Kunstschaffender sind nicht förderungswürdig?«
»Nein. So ist es nicht. Das passiert zufällig. Natürlich ist es mir ein Anliegen, auch die ansässigen Kunstschaffenden zu fördern, aber wenn ihre Werke nicht so vielversprechend sind, was soll ich machen?«
»Deiner Stiftung ist das oft vorgeworfen worden. Besonders von der staatlichen Kunstakademie.«
»Die staatliche Kunstakademie? Die soll mal schön still sein. Die ist so ausgeblutet, dass die keine guten Kunstschaffenden mehr auf den Markt wirft. Und außerdem gibt dieser Staat kein Geld in unsere Stiftung. Das ganze Geld kommt von Spendern aus Frankreich und aus dem Nachlass meiner Familie. Dann ist die Stiftung diesem Staat doch gar nichts schuldig, oder nicht?«
»Aber den Künstlerinnen und Künstlern in diesem Land?«
»Die können sich doch auch international bewerben. Es gibt Tausende Förderungen.«

Roger fegt energisch Glassplitter auf den Schutthaufen. Das klimpert.
»Ich finde«, fährt Roger fort, »ich habe ganz schön viel gemacht für diesen Staat. Für die Leute hier. Ich habe so viel Geld in den Erhalt des Palais gesteckt. Wenn ich das nicht gemacht hätte, wäre dieses letzte traditionelle Gebäude auch noch weg. Dann wären hier nur noch Hochhäuser. Warum soll ich mich dann rechtfertigen?«
»Du musst dich nicht rechtfertigen. Ich habe nur gefragt.«
»Aha. Weißt du, wenn jetzt noch die Architektur verschwindet und die Kunstschätze, was hat dieses Land dann noch? Was bleibt, außer einem Strand, an dem niemand mehr Urlaub macht, einem Hafen, in dem keine Schiffe mehr anlegen, einer Stadt, die aussieht wie jede andere zerstörte Stadt?«
»Was überlegst du, zu machen?«
»Wiederaufbauen, was sonst. Ich werde Gelder beschaffen aus dem Ausland. Das Palais wird renoviert. Die Kunst restauriert, so weit das geht. Der Großteil der Werke ist ohnehin zerstört.
Zum Glück sind einige der Gemälde im Ausland und hängen in Museen. Das war ihr Glück.
Sieh mal, hier sind Risse in den Wänden. Die werden von Tag zu Tag tiefer. Vielleicht stürzt auch noch das ganze Haus ein, wer weiß.«
Roger reicht Mirjam das Marmorärmchen.
»Das sieht gar nicht aus wie das eines Kindes, oder?«, sagt er.

»Stimmt.«
»Du kannst es behalten, wenn du willst. Göttinnensplitter habe ich hier genug.«
Roger versucht zu lächeln. Mirjam schaut ihn an. Seine hellen, klaren Augen. Sein schmaler, dünner Körper. Roger ist ziemlich alleine hier, denkt Mirjam. Mit dem Finger fährt sie über den Skulpturenarm. Der ist geschmeidig, fühlt sich nicht an wie Stein.
»Danke«, sagt sie und hält das Ärmchen hoch. »Das nehme ich mit.«

5

Durch das Fenster fällt Abendlicht. Im noch so vorsichtigen Frühling ist der Himmel rosa. Heizungsqualm quält sich aus den Schornsteinen. Die zeichnen Muster über die Stadt. Paul fragt sich, ob er friert. Seine Heizung ist aus. Er könnte sich eine Decke nehmen und sich darin einwickeln. Sich Tee kochen. In der Küche hat er Tassen. Er könnte sich im Internet Pizza bestellen und den Karton auf die Knie stellen. Das wärmt. Den Trick kennt er von Mirjam. Den stellt sie ihm lachend vor, als sie im Winter zusammen in ihrer kleinen Wohnung sitzen. Noch keine Möbel haben. Nur zwei Matratzen und einen Küchentisch. Den konnten sie übernehmen. Erst nach und nach schleppt Mirjam Möbel an. Geht mit Paul in Diakoniekaufhäuser oder

zu Wohnungsauflösungen und sieht grinsend zu, wie er maßlos Möbel für Möbel in die Wohnung trägt. Wie er Dekokissen organisiert und Bilder vom Flohmarkt. Damit es richtig gemütlich wird.
Mit Mirjam mag Paul es auf einmal, stundenlang am Fenster zu sitzen und Wolken beim Vorbeiziehen zuzusehen. Vielleicht weil Mirjam alles interessant findet. Weil Mirjam von allem überrascht sein kann.
Ganz lange denkt Paul: Bei Mirjam kann man immer sehen, was in ihr vorgeht, weil Mirjams Mimik so offensichtlich ist. Weil sie schon mit Anfang zwanzig tiefe Denkfalten hat und Krähenfüße um die Augen. Weil sie zum Denken die Schultern hochzieht und den Atem anhält, wenn sie sehr konzentriert ist, schwer ausatmet, wenn ein Gedanke vorbei ist. Dann hinüberguckt zu Paul und lächelt.
Ganz lange denkt Paul: Mirjam sagt mir alles, womit sie sich beschäftigt. Weil sie abends ganz lange zusammensitzen und Tee trinken und Mirjam redet und redet, über das, was in ihrem Kopf los ist. Über das, was sie gesehen hat und nicht versteht, vorsichtige Thesen formuliert und gleich wieder revidiert. Mirjam kann nicht sagen: »So ist das.«
Sondern nur: »Es könnte sein, dass.«
Ganz lange denkt Paul: Wir vertrauen uns. Obwohl niemand so was denkt. So was fühlt man. Oder fühlt es vielleicht erst, wenn es aufhört. Dann, als Mirjam sich immer öfter alleine in ihrem Zimmer verschanzt. Als sie sagt, sie muss so viel lernen und braucht ihre

Ruhe. Als sie den Urlaub im Sommer, das Zelten in Griechenland, absagt, weil sie so viele Projekte hat, die sie belasten. Als sie über Nacht wegbleibt und Paul nicht sagt, wo sie war, fühlt sich das erst mal nach nichts Konkretem an. Nur nach Bröckeln.

Als sie an einem Wochenendmorgen schon in der Küche sitzt, als er verschlafen den ersten Kaffee kochen will, hat sie bedruckte Blätter vor sich ausgebreitet. Auf denen sind einzelne Passagen angemarkert. Da denkt Paul noch: Alles ist wie immer.

An der Wand hängt Pauls Artikel. Den konnte er an eine große Zeitung verkaufen. Der wurde von allen gelobt. Von der Professorin, die sonst so kritisch mit Paul ist. Von dem wissenschaftlichen Mitarbeiter, der Paul für Mirjams lästiges Anhängsel hält. Von der Kommilitonin, die so gerne Mirjam wäre. Aber nicht Mirjam ist. Von Mirjam, die nach dem Lesen sagt: »Das ist Wahnsinn, Paul. Ich verstehe gar nicht, wie du das so gut durchdringen konntest. Man kommt dem Protagonisten extrem nah. Das ist fast wie in einem Roman.«

Und Paul weiß, dass sie denkt: Deine anderen Reportagen waren alle oberflächlich. Das hat man ja nicht ausgehalten.

Mirjam, die ihn verstohlen ansieht, die schon angezogen ist. Als wollte sie gleich aus der Tür stürmen. Mirjam sitzt mit dem Rücken zum Fenster. Draußen ist es dunkel. Die Wintermorgen sind zäh, in diesem Jahr. Paul schaltet den Wasserkocher ein, sucht die French

Press und das Pulver heraus. Er braucht eigentlich keinen starken Kaffee an diesem Morgen. In ihm brodelt schon etwas. Was auch immer.

Mirjam schnappt ab und zu nach Luft, aber fängt noch nicht an zu sprechen. Paul übergießt das Kaffeepulver mit Wasser und wartet einen Moment. Dann drückt er das Sieb nach unten, setzt sich mit einer Tasse an den Tisch und weiß nicht, wo er sie abstellen soll. Überall ist Papier.

Fotos von Pauls Quellen. Fotos von Orten. Fotos von Gegenständen. Eine Zeitachse, in die Mirjam Punkte markiert hat. Zeitungsartikel, Wikipediaeinträge. Transkribierte Interviews, die Mirjam geführt haben muss.

Paul spürt Mirjams Blick. Der brennt auf einmal und fesselt ihn an den Tisch. Paul kann nicht mehr weg. Muss sitzen bleiben. Und Mirjam muss anfangen zu sprechen. Endlich.

»Paul, ich muss mit dir reden.«

Stille.

Dann sagt Mirjam: »Ich habe mir ein paar Gedanken gemacht. Über deine Reportage. Und ich habe deine Quellen getroffen. Zumindest die, die ich finden konnte. Und noch ein bisschen recherchiert. Und ich ... Ich, also ... Ich habe herausgefunden, dass es da Fehler in deinem Artikel gibt. Und nicht nur kleine Fehler, sondern, dass ... dass du. Also, dass ... du Quellen aufführst, die es gar nicht gibt. Und die Orte, die du beschreibst, gibt es auch nicht.«

Paul hält sich die Tasse nah an den Mund. Pustet hinein, um ihn abzukühlen.
»Mit den Quellen, die es wirklich gibt, habe ich gesprochen. Ziemlich lange. Hier sind die Transkripte zu den Gesprächen. Vielleicht magst du drüberlesen.«
»Was hast du gemacht?«
»Ich habe Gespräche geführt und ...«
»Du hast angefangen, mir hinterherzuspionieren, Mirjam.«
»Ich habe recherchiert, ja, das stimmt.«
»Warum?«
»Weil ...«
»Weil du nicht ertragen kannst, dass mein Artikel besser ist als alle, die du je geschrieben hast?«, fragt Paul. Seine Stimme ist ruhig. Bebt nicht, wie die von Mirjam. Seine Augen zwinkern nicht so nervös wie Mirjams. Sie ist aufgeregt, nicht er. Das heißt doch, dass sie lügt und er recht hat, oder nicht?
»Mir ist etwas Unlogisches aufgefallen, deshalb habe ich angefangen nachzurecherchieren.« Mirjam deutet auf eine Textstelle im Artikel, die ist rot markiert.
»Und fragen wolltest du mich nicht? Ich kann dir das ganz leicht erklären.«
»Paul, du hast dir das alles komplett ausgedacht.«
»Und da bist du dir sicher, weil –?«
»Weil ich mit deinen Quellen gesprochen habe, weil die teilweise Aussagen machen, die in direktem Kontrast zu dem stehen, was du geschrieben hast. Weil ich mir mein eigenes Bild gemacht habe, und –«

»Dein eigenes Bild? Ist also dein eigenes Bild besser als meins?«
»Nein, aber ich meine ... also ich ... Ich habe ja Beweise.«
»Was denn für Beweise?«
»Hier, das alles.«
»Mirjam, was soll das? Das sind irgendwelche Gespräche, die du geführt hast. Dir muss doch klar sein, dass jedes Gespräch anders verläuft, oder nicht? Und nur, weil dir die Leute nicht vertrauen und dir nur die halbe Wahrheit erzählen, heißt das doch nicht, dass du recht hast und ich nicht.«
Paul ist heiß von innen. Pauls Haut ist kalt außen. Eisig liegen seine Finger aneinander. Lassen sich nicht wärmen von der Tasse. Seine Haut im Gesicht ist hart. Wie ein Stein, denkt er. Fühlt sich an, als wäre das gar nicht sein Gesicht, sondern ein Kopf aus Porzellan.
Mirjam ist rot. Sie hat Flecken überall. Am Hals, auf den Wangen. Wie vom Alkoholtrinken. Wie, wenn irgendjemand sich in sie verliebt hat und sie nicht weiß, wie sie ihn loswerden soll, ohne ihn zu verletzten.
Mirjams Lippen zucken, sie knibbelt an ihren Fingernägeln, obwohl sie das eigentlich nicht will. Noch ein paar Minuten und sie hat Schweißperlen auf der Stirn, weiß Paul.
»Ich, also ich ... Ich musste das nachrecherchieren, weil ...«
»Weil was? Weil du mir nicht vertraust? Weil du nicht damit zurechtkommst, dass mal jemand besser ist als

du. Weil du nicht so einen Artikel hättest schreiben können.«

»Darum geht es nicht.«

»Worum dann? Warum hättest du dich sonst in den letzten Wochen so verbarrikadiert? Warum wärst du mir sonst so ausgewichen? Ich habe gedacht, wir wären Freunde, ich habe gedacht, wir würden uns vertrauen. Aber das stimmt anscheinend nicht. Sonst hättest du nicht meine Sachen durchwühlt und meine Kontaktdaten durchsucht. Sonst hättest du mich doch einfach angesprochen auf das, was dir auffällt, oder nicht? Dann hättest du doch gesagt: Paul, du hast da einen handwerklichen Fehler gemacht.«

»Es geht dabei nicht nur um einen handwerklichen Fehler. Du hast Gespräche erfunden, die du nie geführt haben kannst, weil es die Leute nicht gibt.«

»Die gibt es nicht? Mirjam, nur weil du sie nicht gefunden hast, heißt es nicht, dass es sie nicht gibt.«

»Du bist an dem Tag, an dem du mit ihr das Interview führen wolltest, nirgendwohin gefahren. Du warst hier, den ganzen Tag.«

»Und das weißt du, weil –?«

»Weil du an dem Tag den Stillarbeitsplatz in der Bibliothek gebucht hast.«

»Und was war am Tag danach, Mirjam?«

»Da warst du unterwegs.«

»Aha. Und jetzt könnte man ja vielleicht darauf kommen, dass ich mich einfach im Datum geirrt habe, oder? Ist dir das noch nie passiert?«

»Doch, aber …«

»Aber was? Mirjam, was soll das alles? Hast du so viel Energie und Mühe aufgewendet, einfach nur, weil du neidisch bist?«

»Ich bin nicht neidisch.«

»Nicht? Deine Artikel und Reportagen werden nie fertig, weil du alles tausendmal nachrecherchierst. Manchmal kriegst du nicht mal einen Satz hin. Ist doch logisch, dass man da mal neidisch wird und sich Sachen zusammenfantasiert. Ich verstehe ja, dass die Situation nicht leicht für dich ist. Du musst dich wahrscheinlich von deinem Traum verabschieden, der für mich gerade Wirklichkeit wird. Ja, das ist hart, das ist unfair. Aber deshalb kannst du mich doch nicht so beschuldigen.«

»Paul, ich habe …«

»Du hast dir dein eigenes Bild gemacht. Und dein eigenes Bild ist: Paul hat gelogen. Paul muss ja was erfunden haben, sonst wäre ihm der Artikel nicht geglückt. Und deshalb hast du so lange rumgestochert, bis du was gefunden hast, was in deine Version der Geschichte passt.«

»Paul, ich …«

»Du merkst, dass ich recht habe, Mirjam.«

»Wie hast du so viele Details herausfinden können?«

»Indem ich mich auf die Menschen einlasse und mit ihnen rede. Indem ich zuhöre und offen bin. Vielleicht hast du das ja noch nie erlebt. So ein richtig offenes Gespräch. Du bist vielleicht einfach nicht so empa-

thisch wie ich. Aber nur, weil du dich nicht in andere hineinversetzen kannst, heißt es ja nicht, dass niemand das kann.«
»Aber vieles von dem, was du schreibst, klingt wie eine Aneinanderreihung von Klischees. Zeig mir deine Interviewnotizen.«
»Nein.«
»Warum nicht?«
»Weil ich dir nicht mehr vertraue, Mirjam.«
Mirjams Finger werden starr. Angespannt hockt sie auf dem Stuhl. Hinter ihr beginnt die Dämmerung.
»Ich habe echt gedacht, wir wären Freunde, Mirjam.«
Mirjam schweigt. Paul trinkt den ersten Schluck Kaffee. Der ist nur noch lauwarm und schmeckt bitter. Vielleicht hat er zu viel Pulver genommen. Oder zu wenig Wasser. Paul lehnt sich zurück. Die Stuhllehne drückt gegen den Rücken. Mirjam sitzt da. Immer mehr Flecken tauchen in ihrem Gesicht auf. Aber kein Schweiß, keine Tränen. Warum sie nicht weint, versteht Paul nicht. An ihrer Stelle hätte er geweint.
»Entschuldigung«, sagt Mirjam kratzig. Sie räumt ihre Zettel zusammen, löst den Artikel von der Wand. Paul versucht in ihrem Gesicht zu lesen, versucht zu erkennen, was sie denkt. Aber in ihrem Gesicht scheint nichts zu stehen. Leise steht Mirjam auf, bringt die Zettel in ihr Zimmer, taucht in Jacke wieder im Flur auf. Geht durch die Haustür. Sie wird nur eine kleine Runde spazieren gehen, oder?

Paul sitzt auf dem Stuhl und der Schmerz aus den Händen fährt ihm in den Kopf. Sticht dort. Paul schaut auf die Blutspuren auf dem Laminat. Die sind braungetrocknet. Die sind Punkte. Wenn er mit den Augen an den Außenlinien entlangfährt, sind das Kreise. Kurz denkt Paul:
Gibt es noch eine andere Form als den Kreis?

6

Die Sonne ist nicht wie der Mond. Die Sonne hat keine Hügel. Die Sonne ist aus Gas, deshalb hat sie keine Struktur. Das hat der Großvater einmal zu Spes gesagt. Die Sonne ist ein brennender Ball und der Mond ist Gestein. Spes findet, sie ist auch ein brennender Ball. Sie ist wieder im Kokon. Der muss noch eine Weile um sie herumbleiben. Weil man die neue Haut vor dem Licht schützen muss. Die ist empfindlich, die könnte sich wieder ablösen.
Dass sie nach der Operation genauso aussieht wie vorher, findet Spes nicht gut. Jetzt ist sie in einem Kokon, aber kann kein Schmetterling mehr werden. Sie wird nicht fliegen können. Vielleicht ist sie jetzt ein normales Kind. Aber normal sein ist eigentlich nichts Gutes.
Das sagt zumindest der Großvater. Der tröstet Spes damit, wenn sie weint, sagt dann:

»Die Normalen haben es vielleicht leichter. Aber die haben es auch langweiliger.«
Jetzt ist Spes normal. Und jetzt ist Spes langweilig. Und jetzt ist nichts Neues dazugekommen. Es gibt wieder nur das Im-Krankenhaus-Liegen, das Weiß-eingepackt-Sein, das Brennen der Haut.
Spes weiß, dass der Großvater einmal ein neuer Mensch geworden ist. Das hat er ihr erzählt. Der Großvater findet es leicht, ein neuer Mensch zu werden. Er schneidet sich dafür die Haare ab, kauft sich eine neue Hose. Nimmt die Hermann-Hesse-Bücher von seinem Schreibtisch im Lehrerzimmer und knibbelt seinen Friedenstaubenaufkleber von seiner Klemmmappe. Er hält den Mund, wenn diskutiert wird. Er ist normal. Sieht normal aus. Nicht mehr wie einer, der demonstrieren geht. Er unterrichtet normal. Wie einer, der keine Lust mehr hat. Er lebt normal. Wie einer, über den man nichts wissen will.
Spes kann sich nicht die Haare abschneiden. Weil sie jetzt gar keine mehr hat. Spes kann sich keine neue Hose anziehen, wegen dem Kokon. Spes muss abwarten. Bis sie ausgepackt wird. Vielleicht ist noch ein bisschen rote Haut übrig. Noch ein bisschen echte Spes.

7

Achura schließt die Haustür nicht auf. Auch nicht den Briefkasten. Den Schlüssel hält sie in der Hand. Die Straße jault. Passanten gehen eng an ihr vorbei. Zu eng, findet Achura. Zu nah. Achura stellt sich vor: Jemand schubst sie, drückt sie gegen die Haustür.
Achura stellt sich vor: Ihr Gesicht zerplatzt an der Glasscheibe.
Achura stellt sich vor: Sie bekommt keine Luft mehr und niemand hilft ihr.
Achura träumt jede Nacht: Sie schreit und redet, aber hat keine Stimme.
Achura fragt sich: Wie war ich eigentlich vor dieser E-Mail mit dem Klappstuhlbild?

8

Paul findet, auf dem Boden ist zu viel Blut. Zu viele Flecken. Und auch etwas Hautgewebe. Ich müsste aufhören zu kratzen, denkt Paul. Aber er kann nicht. Wie er manches nicht aufhören kann, was er eigentlich nicht will. Wie er sich geschworen hat, Mirjam immer die Wahrheit zu sagen, sie nie anzulügen. Und es dann doch passiert ist, gleich am ersten Tag, als er ihr von einer skurrilen Begegnung im Bus berichtet, die nie passiert ist, damit sie ihm zuhört und mit ihm lacht. Er nimmt sich vor, dass das die einzige Geschichte bleibt, aber auf einmal ist da noch eine und noch eine. Genauso ist es mit der Hand. Paul will aufhören, aber es geht nicht, der Schlüssel wechselt von einer Handfläche zur anderen. Und auf einmal kann er in der linken Hand den ersten Knochen sehen. Paul hat sich Knochen immer anders vorgestellt. Weiß und zart. Aber in Pauls Hand sieht der Knochen aus wie verhärtetes Gewebe. Ich muss aufhören, schießt es Paul durch den Kopf. Vorsichtig steht er auf. Irgendwas muss in der Wohnung sein, womit er die Blutflecken überdecken kann. Geschirrtücher oder ein Laken. Wenn er das Blut nicht mehr sieht, wird er auch nicht weiterkratzen wollen, redet er sich ein. Pauls Beine sind wacklig. Haben lange nicht mehr gestanden. In den Füßen kribbelt es. Er wankt. Zur Küche. In der ist alles weiß. Ein bisschen gelblich, von der untergehenden Sonne draußen. Auf der Arbeitsfläche liegt die Zeitung. Die letzte Zeitung, die er sich aus der Redaktion mitgenommen hat. Danach erst mal Urlaub. Das war eine anstrengende Geschichte, und danach die Katastrophe.

Paul nimmt die Zeitung in die Hand und überfliegt die Titelseite. Oben der Hinweis auf seinen Artikel auf Seite vierzig. In der Mitte das Foto der Bundeskanzlerin. Wetterbildchen an der Seite. Die Zeitung wurde noch nicht aufgeschlagen. Seinen Artikel auf Seite vierzig. Mit den aufgekratzten Händen kann Paul schwer blättern. Das Papier schneidet in die ohnehin schon

offenen Stellen. Paul ignoriert das Stechen. Legt Seite für Seite um, bis er zur vierzig kommt.
Da ist das Foto vom Baumgerippe im See. Von dem Jugendlichen, der sich darin spiegelt. Und auf der unteren Seite das Foto der abgebissenen Fingernägel und dem Monetdruck im Krankenhausflur.
Paul nimmt die Zeitung, trägt sie rüber zu seinem Stuhl. Breitet die Blätter um den Stuhl herum. Legt sie so, dass er die Seite vierzig im Sitzen gut im Blick hat. Er könnte ihn lesen, seinen letzten Artikel. Er spürt, wie er den Schlüssel in der rechten Hand hält und ihn wieder zur Wunde in der linken führt.

9

Kochender Reis macht weiße Dämpfe. Die riechen gut, findet Mirjam. Die breiten sich in der gesamten Küche aus. Mirjam denkt an die Gerichte, die Achura manchmal kocht. Wenn sie aufgedreht ist, Musik anmacht, mit einem Glas Wein in der Küche steht und beim Umrühren tanzt. Achura liebt Reis. Liebt die Dämpfe, saugt sie ein. Mirjam sitzt dann am Küchentisch, legt ihr Handy beiseite und das Tablet. Obwohl Achura gesagt hat: »Ich koche, damit du weiterarbeiten kannst.«
Mirjam will nicht weiterarbeiten, wenn Achura so vor Energie sprüht. Am Geruch erkennt Mirjam das

Gericht, das gerade zubereitet wird. Das kocht Achura nur einmal im Jahr. Am Todestag ihrer Mutter. Das ist kein Gericht, bei dem Achura tanzt, sondern eins, bei dem sie still das Gemüse schneidet, sorgfältig die Gewürze abschmeckt. Leise vor sich hin summt. Und nach dem Essen jedes Mal sagt: »Dieses Jahr habe ich es nicht hinbekommen.«
Am liebsten würde Mirjam eine Portion von dem Gericht probieren. Sich den Geschmack genau einprägen und beim nächsten Todestag zu Achura sagen: »Das schmeckt genau wie das Originalrezept.«
Mirjam wird nichts von dem Essen probieren. Das Essen wird gebraucht für andere. Es wird in Aluschalen gepackt und dann in die Innenstadt gefahren.
Maral rührt in einem der Töpfe. Schaut hoch zu Bela. Der macht ein Foto. Auf dem ist Marals Brille beschlagen.
»Eigentlich habe ich das Essen aus dieser Küche immer an die Menschen in den Zeltstädten gegeben«, sagt Maral. »Aber jetzt nach der Explosion geht das nicht mehr.«
Mirjam nickt und fragt: »Weißt du, wer die Zeltstädte jetzt versorgt?«
»Keine Ahnung. Ich hatte noch keine Zeit, mich darüber zu informieren. Die NGOs, nehme ich an. Obwohl die eigentlich mit uns ja auch beschäftigt genug wären.«
»Woher bekommst du das Geld für die Mahlzeiten?«
»Aus dem Ausland. Entweder wir bekommen Geld von NGOs oder von Privatleuten. Ich hoffe, das geht so wei-

ter. Nicht, dass es nur so eine Anfangsspendenbereitschaft ist. Die dann bald vorbei ist.«

»Was machst du dann?«

»Keine Ahnung. Mein Restaurant am Hafen ist komplett zerstört. Da stehen nur noch die Wände. Strom gibt es da nicht. Deswegen bin ich froh, dass ich schon vor Jahren diese Suppenküche aufgebaut habe. Wenn ich die nicht hätte, wäre ich schon durchgedreht.«

»Dein Restaurant war das bekannteste der ganzen Stadt.«

»Ja. Und zum Glück konnte ich ganz gut Gewinn machen in den letzten Jahren. Vielleicht habe ich genug gespart für den Wiederaufbau. Mal sehen, wie die Inflation sich entwickelt.

Wie konntest du in der Wirtschaftskrise so viel Gewinn machen?«

»Die Eliten sind zu mir zum Essen gekommen. Mit denen habe ich verdient. Aber die habe ich nicht ertragen. Deshalb habe ich die Suppenküche eröffnet und Essen zu denen gebracht, die es brauchten. Das war meine Therapie. Wir brauchen doch alle unsere Therapien, oder nicht? Was ist deine?«

»Das wüsste ich auch gerne«, lacht Mirjam.

»Fang an zu kochen, das hilft immer. Vor allem muss man für die richtigen Leute kochen. Vor den Gästen in meinem Restaurant habe ich mich manchmal wirklich geekelt.«

»Warum hast du nicht ein anderes Restaurant eröffnet? Ein kleineres, günstigeres?«

»Ich bin die Arbeitgeberin von fünfundachtzig Mitarbeitenden. Da hängen Familien dran. Da kann man nicht einfach sagen, ich habe keine Lust mehr, weil mir meine Gäste nicht gefallen. Das geht einfach nicht.«
»Wie geht es deinem Team?«
»Vier sind gestorben. Drei haben das Gehör auf einem Ohr verloren, so wie ich. Die anderen sind verletzt. Aber das sind ja alle. Die Suppenküche betreiben wir jetzt zu zwanzigst. Sobald jemand von den Verletzten wieder kann, kommt er dazu. Warte nur ab. In einer Woche stehen wir hier schon zu dreißigst und können kochen.«
Maral wischt ihre Hände an der Schürze ab, zieht die Plastikhandschuhe aus, die sie beim Kochen trägt. Winkt Mirjam raus. In einen kleinen Garten hinter dem Haus.
Von dort sieht man die Stadt in der Ferne. Den zerstörten Hafen, die Hügel im Dunst. Mirjam schaut in die andere Richtung. Zu den knorrigen Bäumen, die bilden fast einen Wald. Die rauen Felsen davor. Das Meer, das zwischen den Ästen hindurchblitzt.
»Wenn Kochen für dich keine Therapie ist«, beginnt Maral, »dann musst du vielleicht öfter rausschauen, auf die Landschaft.«

NACHT

I

Achura kann nicht schlafen. Wieder nicht. Achura hat es vom Bett in die Küche geschafft. Tee gekocht, der dampft jetzt. Achura schaut aus dem Fenster. Auf den Platz. Der ist wie leer gefegt. Niemand unterwegs. Keine Betrunkenen, keine verlorenen Seelen. Die Frühlingsnacht ist noch kalt.
Achura ist nicht müde heute Nacht. Achura sehnt sich nicht nach Schlafen. Schlaf ist für sie nur noch Träumen von der Explosion, von Mirjam, die durch die Luft gewirbelt wird.
Achura weiß noch, wie sie als Jugendliche auch so in der Küche steht, nachts. Wasser kocht und einen Beutel Schwarztee damit übergießt. Wie sie die Tasse mit in ihr Zimmer nimmt, damit sie nicht müde wird beim Redeschreiben für die Schülersprecherwahl am nächsten Tag.
Wie sie Jahre später jede Nacht bis zum Morgengrauen wach bleibt, damit sie die Beste ist im Studium. Wie sie sich zu Veranstaltungen quält, auf die sie keine Lust hat, weil sie weiß, wie wichtig es ist, präsent zu sein. Wie sie sich den Gedanken *Ich habe keine Lust* verbietet. Und ihn seitdem nicht mehr denkt. Bis jetzt. Bis

zu dem Moment, in dem sie keine Lust mehr hat, die Tasse rüber ins Schlafzimmer zu tragen. Und deshalb stehen bleibt.
Achura erinnert sich daran, wie sie Sekt in sich reinschüttet, nachdem sie zur Abgeordneten gewählt wurde. Nach sechs Wahlgängen. Wie sie als Studentin die Stiftungskommission so lange nervt, bis sie gefördert wird. Wie sie nach der Absage für das Volontariat bei den Vereinten Nationen dort anruft und in den Hörer quatscht, solange sie kann, bis sie die Stelle doch bekommt. Wie sie auf Marktplätzen steht und mit Rentnern diskutiert, die finden, dass sie keine Politikerin sein kann, weil ihre Eltern nicht in Deutschland geboren wurden. Wie sie beim Diskutieren auf einem Kindergartenfest zwei Waffeln mit Puderzucker in sich hineinstopft, obwohl sie sie nicht mag, und dann den Erzieher überredet, in die Partei einzutreten. Wie sie sich nicht mit den Geschwistern treffen kann am Todestag der Mutter, weil sie eine Veranstaltung in einer anderen Stadt hat. Wie sie dem Radiosender ein langes Interview gibt, das nicht gesendet wird, weil sie doch nicht so interessant ist und sie sich daraufhin mit dem Redakteur zum Kaffee verabredet. So lange kluge Sachen sagt, bis er denkt: Die ist ja megainteressant.
Wie sie nachts zitternd in der Küche steht, in der kleinen Wohnung der Mutter, im Studierendenwohnheim in Deutschland, im Studierendenwohnheim in London, in der WG in der Stadt, in der sie noch heute

wohnt. In der Wohnung, die jetzt ihre ist und Mirjams. Wie sie vorsichtig an dem Tee schlürft, sich die Zunge verbrennt und jedes Mal entscheidet: Das kriege ich schon hin.

Wie die Sache mit der Frau in den Sumpffarben und dem Mann auf dem Bild. Den sie einfach nicht findet. Nirgendwo sieht. Nicht mal jemanden, der so ähnlich aussieht. Niemand hat so ein spitzes Kinn, so herausstehende Wangenknochen. Solche Augen. Achura, die den Nachttee trinkt und findet: Kann ja nicht sein, dass ich sie nicht wiedersehe, nur weil dieser Typ nicht auftaucht.

Achura hat den Zettel mit Magneten an ihrem Kühlschrank befestigt. Die Nummer kann sie schon auswendig. Sie stellt sich so oft vor, dass sie einfach anruft und sagt: »Ich hab deinen Mitbewohner zwar nicht getroffen, aber ich würde so gerne mal mit dir Kaffee trinken oder so.«

Aber dann würde die Frau Nein sagen, oder? Deshalb schreibt Achura eine SMS. In der einen Nacht, in der sie vor Zittern nicht schlafen kann. Nicht zurück ins Bett will. Da ist es so einsam. Achura tippt:

»Ich habe deinen Mitbewohner gesehen. Er ist hier in der Stadt. Magst du vorbeikommen, dann zeige ich dir die Stelle, an der ich ihn gesehen habe. Liebe Grüße, Achura«

2

Paul legt die Zeitung aus. Verdeckt damit das Blut. Das verwischt beim Papierauflegen. Ordentlich legt er ein Quadrat um den Stuhl. Wer weiß, wo er noch hinblutet. Die Zeitung liegt so, dass Paul seinen Artikel erkennen kann. Paul kann nicht anders, als zu lesen:

Die Brüder vom See
Sebastian und Maximilian V. verlieren sich im blanken Hass

Sie seien ein ganz normales Brüderpaar gewesen, sagen die Eltern. Etwas still vielleicht, fügt die Schulleiterin hinzu. Das Entsetzen in dem kleinen Dorf mit Postkartencharme ist groß. Und auch nach dem Selbstmord von Sebastian V. kehrt keine Ruhe ein.
Ich treffe mich mehrfach mit seinem jüngeren Bruder Maximilian V., einem ruhigen, unauffälligen Jugendlichen. Mit durchschnittlichem Körperbau, durchschnittlichen Schulleistungen und besorgniserregenden Fantasien.
Maximilian und ich begegnen uns das erste Mal an einem kleinen See. Im Sommer trifft sich die Dorfjugend dort. Am ersten Mai finden dort die Besäufnisse statt. An diesem See werden Junggesellenabschiede gefeiert und an diesem See bringt sich Sebastian V. vor einem Jahr um.
Als ich Maximilian frage, was der Grund für den Selbstmord war, zuckt der nur die Achseln. Das ist Maximilians Lieblingsgeste, mit der er unangenehmen Fragen aus-

weichen will. Es dauert eine Weile, bis Maximilian bereit ist, mit mir zu sprechen, und bis er von dem schlechten Gewissen erzählt, das seinen Bruder geplagt hat. Von den Albträumen, von der Sucht, der er nicht entfliehen konnte. Dass Hassen zur Sucht werden kann, wird aus Maximilians brachialen und zum Teil zusammenhangslosen Äußerungen ersichtlich. Dass diese Sucht aber in einen Selbstmord gipfelt, das schockiert auch Maximilian.

Maximilian verbringt wenig Zeit seines Lebens an diesem See, draußen in der Natur. Maximilians Leben findet digital statt. In den dunklen Tiefen des Internets, in Foren, zu denen nur Mitglieder der Community Zugang haben. Maximilian und Sebastian haben sich einer Gruppierung angeschlossen, die organisiert vorwiegend Frauen online beleidigt, gegen sie hetzt und bedroht. In den letzten Jahren sind zahlreiche Anzeigen bei der Polizei eingegangen. Wahrscheinlich nur ein Bruchteil der Fälle, die es gibt, da viele Betroffene keine Anzeige erstatten.

Maximilian weist die Vorwürfe, er würde Frauen bedrohen, zurück. Das habe allein sein Bruder getan. Maximilian sei nur ein passives Mitglied der Bewegung.

Bei dem Wort Bewegung werde ich stutzig. Ich hake nach und lausche, wie Maximilian auf einmal begeistert von einem patriarchalen Bund erzählt, der es sich zum Ziel gesetzt hat, Frauen aus der öffentlichen Debatte zu vertreiben und sie an ihren »richtigen Platz« zu verweisen. Er spricht von internationaler Vernetzung, von Widerstand gegen das drohende Matriarchat. Von Männern, die sich nicht mehr unterdrücken lassen werden, von Gewalt, die vielleicht dafür nötig ist. Während er spricht, bekomme ich Einblicke in eine Welt, die von Hass dominiert ist, in der es keine Bereitschaft zu Dialog und Besänftigung zu geben scheint. In der das Feindbild nicht nur die Karrierefrau ist, sondern alles Weibliche. Umso länger ich Maximilian zuhöre, umso mehr bekomme ich den Eindruck, vor allem mit einer verletzten Seele zu sprechen, die zu oft zurückgewiesen wurde. Aber kann Zurückweisung Grund genug sein für Radikalisierung?

Maximilian lädt mich ein, mit ihm ins Krankenhaus zu gehen. Er setzt sich gerne in die Flure in der Kelleretage. Da, wo die Toten liegen. Maximilian wirkt gelöst, als er sich auf einen der harten Plastikstühle setzt. Ich spüre ein Unbehagen, so nah an den Kühlfächern zu sitzen. Daran ändert auch Monets Bild »Felder im Frühling« nichts, das an der gegenüberliegenden Wand hängt und eine Idylle mit Bäumen, blauem Himmel und eine Frau zeigt, die durch Blumenfelder flaniert.

Ich frage Maximilian, was er von dieser Frau hält. Ihr Gesicht ist so grob gemalt, dass sich keine individuellen Züge erkennen lassen. Sie ist in weite Kleider gehüllt und strahlt Zurückhaltung aus.

»Die ist okay«, sagt Maximilian schroff und fängt an, seine Fingernägel abzukauen. Als ich ihn frage, was ihn beschäftigt, eröffnet er mir seine sadistischen Fantasien. Er spricht von der Sehnsucht, die von ihm aktuell am meisten gehasste Politikerin in einem der Kühlfächer auf der anderen Seite der Wand zu wissen, und spricht davon, wie er nicht erwarten kann, dass sie sich endlich umbringt.

Der Fall Sebastian V. ist der Polizei übergeben worden. Nachforschungen legten offen, dass Sebastian V. alleine für vierundzwanzig Fälle von systematischen Bedrohungen und Beleidigungen verantwortlich ist. Nach seinem Selbstmord gingen die Meldungen bei der Polizei stark zurück. Erst in den letzten Wochen haben sie wieder zugenommen. Der Verdacht, dass Maximilian sich als Nachfolger von Sebastian V. sieht, liegt nahe. Als ich ihn darauf anspreche, reagiert er ausweichend und malträtiert weiter seine Fingernägel. Er fragt mich, ob ich denn keine Angst hätte vor der weiblichen Dominanz, die alles Männliche ausrotten wollen würde. Als ich verneine, runzelt er die Stirn. Für Maximilian bin ich ein hoffnungsloser Fall. Um mich zu bekehren, schickt er mir E-Mails mit seinen wilden Theorien, Einladungen zu Online-Seminaren seiner Community. Maximilian vertraut mir, weil ich ein Mann bin, und er erwartet, mich von seinen Ideen überzeugen zu können …

Der Artikel geht auf der nächsten Seite weiter. Die liegt hinter Pauls Rücken. Paul müsste sich umsetzen zum Weiterlesen. Das macht er nicht. Paul will einschlafen, auf diesem Stuhl. Aber er kratzt, damit er wach bleibt, kratzt, damit da endlich ein neues Bild auftaucht. Eine neue Möglichkeit, die vor seinen Augen flimmert. Die muss doch langsam kommen. Er war doch nie jemand ohne Ideen.

3

Achuras Körper schafft es nicht mehr, zu stehen. Der sackt zusammen in der Küche. Der hat genug gezittert, findet er. Hat sich oft genug zusammengerissen. Hat zu viele Nächte wach gestanden, durfte viel zu wenig schlafen. Achura presst sich gegen den Heizkörper. Der ist hart, der drückt an der Wirbelsäule. In Achura dreht sich nichts mehr. In Achura wirbeln keine Bilder mehr. In Achura ist nichts mehr los. Jetzt bin ich leer, denkt Achura.
Sie zieht ihr Handy hervor und schreibt Mirjam: »Also eigentlich ist nichts. Aber irgendwie ist auch nichts in Ordnung.«

4

Es ist eng auf dem Platz und noch voller als sonst. Schwach leuchten Taschenlampen in den Himmel. Batterien sind beständig. Mirjam schaut hoch. So viele Sterne hat sie noch nie über der Stadt gesehen. Die funkeln klar. Es gibt nur stundenweise Strom. Nachts wird er abgedreht. Keine Laternen leuchten mehr, kein gelbes künstliches Licht strahlt. Kein einziges Fenster ist erleuchtet. Zu sehen ist nur, was in den Schein der Taschenlampe passt.
Dicht gedrängt stehen Menschen aneinander. Mirjam

spürt einen Ellbogen in ihrem Rücken, ein anderes Bein neben ihrem. Niemand tanzt, niemand singt. Aggressive Rufe im Chor. Da ist so viel Wut, denkt Mirjam und erkennt Sima in der Ferne. Die brüllt ins Megafon.
Neben Mirjam steht Alim. Die Arme drückt er eng an seinen Körper. Er fühlt sich unwohl, versucht ruhig zu atmen. Aber wie soll das gehen, auf einem Platz, auf dem die Luft dünn wird?
»Wollen wir ein Stück gehen?«, fragt Mirjam und muss rufen, sonst würde Alim sie nicht verstehen. Er nickt. Sie wühlen sich vom Platz, erreichen die Promenade. Die ist verlassen und dunkel wie alles. Im Boden sind Löcher. Bela, Mirjam und Alim leuchten sich den Weg. Das Meer rauscht, Wellen zerschlagen nicht an der Promenadenmauer, sondern rinnen über den Gehweg. Spülen Seetang und Algen auf die zerbrochenen Steine. Mirjams Schuhe weichen durch. Das Meerwasser zeigt: Der Winter ist vorbei, der Frühling beginnt. Hoffentlich ein guter.
Beim Gehen denkt Mirjam an Achura. An ihre SMS und an das kurze Telefonat, gleich nachdem Mirjam die SMS gelesen hat. An Achuras wacklige Stimme: »Ich kann gar nicht so richtig sagen, was ist. Wahrscheinlich gar nichts. Es ist nur alles vorbei. Und mir ist das auch ziemlich egal.«
Mirjam entscheidet: Ich fliege nach Hause, morgen, und streitet mit Bela, der will nicht zurück. Der findet, in dem Land sind so viele Geschichten, gerade jetzt. Da kann man nicht weg. Wegen nichts.

Aber Mirjam bucht Tickets und sagt: »Das Treffen mit Alim ist das letzte auf dieser Reise.«
Mirjam saugt die salzige Luft ein. Versucht, die Hügelkette ausfindig zu machen. Doch Himmelschwarz und Hügelschwarz sind nicht zu unterscheiden.
Mirjam geht nah an Alim heran. Spürt, dass er wütend ist. Hört, wie er verächtlich ausatmet bei jedem Loch im Boden.
»Das könnte schon in einem ganz anderen Zustand sein«, schimpft er.
»Für die NGOs hat die Promenade keine Priorität«, sagt Mirjam sanft.
»Natürlich nicht. Und das ist ja auch richtig so. Die Promenade hat keine Priorität. Aber wenn die NGOs sich ja schon um alles kümmern, könnte der Staat doch die Promenade wiederaufbauen.«
»Denkst du, dass dein Bündnis dem Staat hilft?«
»Ja.«
»Auch im Moment?«
»Gerade lassen wir den Staat ausbluten. Das ist klar. Aber wenn wir den Staat nicht blockieren würden, würde die Regierung nicht zurücktreten. Erst mal muss der Weg freigemacht werden für einen Neuanfang.«
»Deine Organisation ruft die Leute dazu auf, keine Steuern und andere Abgaben mehr zu zahlen.«
»Ja. Das ist das einzige Mittel, das uns noch bleibt. Vom Staat sind kaum Gelder geflossen nach der Explosion. Die Fenster werden aus dem Ausland gespendet

und auch das Essen. Alles wird von Organisationen aufgebaut, die keine Regierungsverantwortung haben. Da ist es nur richtig, dass wir nichts mehr zahlen. Wir bekommen ja auch nichts.«

»Und dein Richtergehalt?«

»Auf das verlasse ich mich nicht mehr. Das kommt mal, mal kommt es nicht.

Es wird aber nicht mehr lange dauern, bis die Regierung zurücktritt. Die halten nicht mehr durch. Auch wenn die Explosion das Schlimmste ist, was hätte passieren können, ohne sie wäre nicht so viel in Bewegung. Ohne die Explosion wäre nicht mehr passiert als ein paar Demonstrationen und eine schimpfende Bevölkerung.«

»Wie stellst du dir die neue Regierung vor?«

»Ich stelle mir eine säkulare, demokratische Regierung vor. Wir bereiten schon Listen mit möglichen Kandidaten vor. Wir merken, dass die Leute im Land sich so sehr danach sehnen. Es gibt niemanden hier, der nicht auf unserer Seite ist.«

»Was, wenn eine ultrakonservative Regierung gewählt wird? Oder eine, die genauso korrupt ist wie die vorher?«

»Dann bring ich mich wirklich um«, lacht Alim. »Aber das wird nicht passieren.«

TAG

I

Frühlingssonne scheint milchig. Spes schaut aus dem Fenster, während sie aus dem Kokon geschnitten wird. Ihre Hände sind schon frei. Die sind nicht mehr zusammengewachsen. Jeder Finger ist einzeln. Spes könnte sie bewegen. Aber sie tun so weh. Die Hände sind fleckig. Nicht mehr so rot. Nur noch rötlich. An manchen Stellen fast farblos.

»Das wird sich mit der Zeit angleichen«, sagt die Ärztin. Spes' Haut hat verschiedene Farben. Ist an der Handwurzel fast transparent und am Ringfinger dunkelrosa. Das ist ganz hübsch, findet Spes. Nicht so normal.

Der Großvater steht nah an Spes. Betrachtet ihre linke Hand. Kann nicht aufhören, die Finger anzuschauen und das Hautmuster. Er ist still. Wird nicht poltern, nicht schimpfen. Sagt, seit Spes wieder wach ist, immer nur »Danke« und freut sich über alles. Über die Wiese, die wieder von Schnee befreit ist, und über die Sonnenstrahlen, die vorsichtig auf das feuchte Gras fallen.

2

Der Tee steht fast vor Zucker. Es ist der letzte Tee in diesem Land. Mirjam pustet in das Glas, um ihn abzukühlen. Beim ersten Schluck hat sie sich die Zunge verbrannt. Bela macht Fotos vom Staub. Der wirbelt durch die Luft. Legt den Platz in ein Rotbraun. Er schweigt. Ignoriert Mirjam. Die Stadt ist still. Tagsüber ist sie leiser geworden seit der Explosion und nachts unfassbar laut. Mirjam hat ein Taxi gerufen, das lässt auf sich warten. Niemand fährt mehr einfach so durch die Straßen, in denen sich sonst die Taxis tummeln. Niemand hält mehr einfach so an diesem Platz, an dem sonst immer die Flughafenreisenden in Taxis steigen. Nur der Mann mit dem Teestand ist da. Er hat Mirjam Extrazucker in den Tee gelöffelt, als sie ihn anlächelt und sagt: »Das ist mein letzter Tee in diesem Land.«

Auf dem Gehweg hockt ein Junge und bastelt Papierflugzeuge. Nicht nur Schwalben, sondern richtige Flugzeuge. Mirjam pustet in den Tee, als er eins fliegen lässt. Das gleitet einige Zentimeter. Dann stürzt es ab. Der Bauch ist zu schwer.

Bela starrt auf sein Handy, scrollt, liest und sagt dann auf einmal: »Die Regierung ist zurückgetreten!«

Rasch stellt Mirjam sich neben ihn und überfliegt die Eilmeldung. Sie dreht sich zum Denken zur Seite und betrachtet die Stadt. Die liegt im Nebel. Nur schemenhaft sind die Umrisse der Hochhäuser zu erkennen.

»Ich bleib hier«, sagt Bela leise. »Hier wird jetzt so viel passieren.«
Mirjam nickt und umarmt ihn lange. Auch noch, als das Taxi schon bereitsteht.
»Und du fliegst trotzdem zurück, wegen nichts?«, fragt er vorsichtig.
»Ja. Wegen nichts«, antwortet Mirjam. Sie lädt ihr Gepäck ein, schaut zu dem Jungen. Der hat den Flugzeugbauch schmaler gefaltet. Jetzt wird es fliegen, denkt Mirjam. Hastet vor dem Einsteigen noch einmal zu dem Jungen, kauft das Flugzeug. Das bringe ich Achura mit, denkt sie.

3

Die Haut kennt keine Frühjahrskälte. Die neue Haut hat auch noch nie Frühlingsluft gespürt. Die neue Haut kennt nur Heizungsluft und Kokonwärme. Spes redet der Haut gut zu. Beruhigt sie, damit sie keine Angst hier draußen hat. Spes steht vor dem Krankenhaus. Auf der Haut liegt Kleidung. Im Krankenhaus haben sie schon getestet, ob das klappt. Ob die Haut sich nicht von dem Stoff provozieren lässt und gleich wieder rot oder bröckelig wird. Oder cremehungrig. Wird sie aber nicht. Die neue Haut ist ruhig. Die ist nicht aggressiv, glaubt Spes. Die neue Haut ist still. Die schreit nicht, die klagt nicht. Ist eine Schweige-

haut. So wie die von den meisten anderen. Vielleicht ein bisschen schüchterner, glaubt Spes. Spes spürt die Luftfeuchtigkeit an den Händen. Das ist angenehm. Sie ist dick angezogen. Ein Unterhemd, ein Sweatshirt, ein Pullover, die Winterjacke, eine Strumpfhose und einen Rock. Das ist neu. Das hat alles der Großvater mitgebracht. Ein bisschen unheimlich ist es in der Kleidung. Die gibt so leicht nach. Nicht so wie der Kokon, der Spes festhält, egal, was ist. Vielleicht bin ich jetzt ein Blatt im Wind, denkt Spes und schaut unsicher zum Großvater. Der benutzt Blatt im Wind als Schimpfwort. Wenn er die Tagesschau guckt und sich über die Politik aufregt. Dann sagt er manchmal: »Dieser Typ ist ein Blatt im Wind. Kein Rückgrat.«
Spes fühlt sich auch wie ohne Rückgrat. Im Kokon konnte Spes so gut fühlen: Hier höre ich auf, da fängt der Kokon an.
Und jetzt ist sie ein Körper in Stoff und alles ist weich und Spes muss ihre Muskeln anspannen, damit sie fest steht.
Aus dem Krankenhaus kommt eine Schwester gerannt. Sie hält ein pinkes Stofftier in der Hand, das hat Glitzeraugen. Spes schaut sich das Stofftier an. Es hat etwas Trauriges, findet sie.
Das gehört uns nicht, sagt der Großvater und legt seine Hand auf Spes' Rücken, traut sich noch nicht, seine Hand in ihre zu legen. Vielleicht ist er sich genauso unsicher wie Spes, ob das ihre richtigen Hände sind. Hände, mit denen Spes Stifte halten kann, die über

Baumrinde fahren können, die aufreißen und wieder verheilen werden. Spes weiß, dass sie zu Therapien muss. Damit sie Muskeln aufbaut in der Hand, damit sie das nachholt, was die anderen Kinder gemacht haben, als sie im Kokon war. Spes fragt sich, wann die anderen Kinder denn das nachholen, was sie erlebt hat, als sie im Kokon war. Die wissen doch sonst gar nicht, wie man sich verpuppt.

4

Die Flughafenhalle ist fast leer. Die meisten Geschäfte sind geschlossen. Heruntergelassene Gitter vor den Eingängen. Kein Schmuck, den man kaufen kann, keine Handtaschen, keine Kleidung. Nur der Laden mit der internationalen Presse hat geöffnet. Mirjam streift durch die Reihen. Sucht sich Zeitungen auf Englisch aus und welche auf Deutsch. Vor einer Sonderausgabe bleibt sie stehen. Die wurde von einer Zeitung herausgegeben, die Mirjam jahrelang ignoriert, weil Paul sein Volontariat dort macht und dann fest angestellt wird. Diesmal kann Mirjam sie nicht ignorieren. Weil da Pauls Name ganz groß steht. Und: Sonderausgabe zur Aufarbeitung eines Skandals

Mirjam nimmt die Ausgabe in die Hand. Sie ist schwer. Auf der Rückseite ist ein Statement abgedruckt, dass die monatelange Recherchearbeit beschreibt, die in die-

ser Ausgabe steckt. Auf der Innenseite ist ein Foto von Paul in Schwarz-Weiß abgedruckt.
Oh Mann, Paul, denkt Mirjam. Und kauft ein Exemplar.

5

Achura ist drinnen. Draußen werden die ersten Tulpensträuße über den Platz getragen. Achura guckt auf die Uhr, wartet darauf, dass es endlich Zeit ist, Mirjam abzuholen. Der Laptop ist aufgeklappt. Das Worddokument noch geöffnet und schon gespeichert. Das Rücktrittsgesuch.
Mag sein, dass jetzt alles vorbei ist, denkt Achura. Mag sein, dass das gar nicht mehr schlimm ist. Vielleicht bin ich einfach zu sensibel. Das haben doch so viele gesagt, oder nicht?
Du bist zu sensibel, um aufs Gymnasium zu gehen. Du bist zu sensibel, um zu studieren.
Du bist zu sensibel, um in die Politik zu gehen. Du bist zu sensibel in diesem Thema, weil es dich selbst betrifft. Ich bin zu sensibel, um in der Politik zu bleiben, denkt Achura. Aber ich bin auch sensibel genug, um neu anzufangen. Ganz neu.

6

Der Großvater kocht Kakao. Zur Feier des Tages. Weil Spes wieder zu Hause ist. Der Großvater macht Musik an und will dazu wippen. Aber das geht nicht. Wegen dem Knorpel schon wieder. Spes hockt auf der Eckbank. Die Schultern hochgezogen, so ist der Hals ganz kurz. Wenn Spes kein Schmetterling ist, vielleicht kann sie ja eine Eule werden, überlegt sie. Spes kann sich noch nicht vorstellen, ein ganz normales Kind zu sein.

Der Großvater redet die ganze Zeit. Seitdem Spes operiert ist, redet er nur. Redet vom Streichelzoo, in dem soll Spes alle Tiere anfassen, redet von einem Ausflug in den Wald, vielleicht an Ostern. Er redet von einem Klettergerüst, von einem Töpferkurs, stellt sich vor, wie das ganze Haus voller lustiger Tonfigürchen sein wird. Redet von dem ersten Tag in der Schule. Überlegt, ob Spes noch viel nachzuholen hat. Lässt den Kakao anbrennen und lacht über den Gestank. Plant einen Sommerurlaub am Meer. Spes muss Salzwasser spüren auf der Haut, muss wissen, wie sich Sand anfühlt unter den Füßen. Muss wissen, wie das ist, abends durch die engen Gassen zu spazieren.

»Wir fahren nach Rom«, entscheidet der Großvater. »Oder doch lieber Florenz?«

Damit Spes endlich mal die historischen Stätten sieht. Der Großvater plant, Eier auszublasen und zu bemalen, am besten noch heute. Egal, ob es bis Ostern noch

etwas dauert oder nicht. Und sie zum Schwimmkurs anzumelden. Mit ihr wandern zu gehen und ihr Chips für alle Fahrgeschäfte auf der Kirmes zu kaufen.
Er stellt die Herdplatte runter, verschwindet aus der Küche, kommt mit Knetmasse wieder.
»Die habe ich schon vor Jahren für dich gekauft. Knete doch mal was«, lacht er und wendet sich wieder zum Kakao. Merkt nicht, dass Spes anfängt zu weinen. Ganz leise. Und denkt: Nicht mal weinen fühlt sich an wie früher.

7

Paul wird schlecht, als er das Blut und seine zerkratzten Hände sieht. Er kotzt. Das Erbrochene rinnt an seinem Mund herunter. Er kann es nicht wegwischen mit der Hand und weiß nicht, was er mit solchen kaputten Händen noch anfangen soll.

8

Mirjam schluckt, um den Druck auszugleichen. In der Hand liegt die Sonderausgabe. Auf der ersten Seite ein Statement vom Herausgeber. Er drückt aus, wie schockiert er ist. Dass er nie damit gerechnet hätte.

Nicht bei Paul. Nicht bei so einem verdienten, besonderen Mitarbeiter. Der von allen Seiten geschätzt wurde. Er entschuldigt sich bei dem anderen Mitarbeiter. Bei dem, der angefangen hat, nachzurecherchieren. Dem Unstimmigkeiten im Fall der Brüder V. aufgefallen seien. Ihm habe man in der Redaktion viel zu lange nicht geglaubt.

Er schreibt, dass die Zeitung den Fall jetzt aufgearbeitet habe, aber auch, dass die Nachforschungen noch weiter reichen werden. Dass die Redaktion sich umstrukturieren wird. Mehr Personal in der Dokumentationsabteilung.

In der Sonderausgabe sind Pauls Artikel mit Kommentaren und Richtigstellungen aufgeführt. Sie sind nach Daten sortiert. Der erste noch aus der Volontariatszeit. Kurz bevor er sich bei Mirjam meldet. Kurz bevor sie sich in der kleinen Bäckerei treffen.

Mirjam blättert die Ausgabe durch. Verharrt bei einer Doppelseite. Auf der ist ein Foto von einem See und eins von abgebissenen Fingernägeln.

Typisch Paul, denkt Mirjam. Und sieht die Fotos vor sich, die Paul in der kleinen Wohnung aufhängt. Detailaufnahmen von überfüllten Aschenbechern. Oder Spiegelungen in Pfützen. Ganz ruhige Bilder, die so viele Geschichten erzählen, findet Mirjam damals.

Jetzt weiß sie gar nicht, was sie denken soll. Liest den Artikel von den beiden Brüdern, findet ihn konstruiert. Ist unsicher, ob sie ihn auch konstruiert finden würde, wenn sie nicht wüsste, dass der Artikel Fälschungen

enthält. Wenn sie nicht wüsste, dass er von Paul ist. Mit den Augen springt Mirjam zur Richtigstellung. Da steht was von Dramatisierungen, von Übertreibungen, von Aussagen, die der Protagonist nie getätigt hat. Der Abschnitt über das Netzwerk sei frei erfunden. Zumindest lassen sich keine Anhaltspunkte dazu finden. Bei den Brüdern handele es sich schon um Täter, die Menschen im Internet beleidigt und eingeschüchtert hätten. Dabei seien sowohl Männer als auch Frauen beleidigt worden. Außerdem habe Paul während der Interviews mit Maximilian V. Fakten gefälscht. So habe er den Selbstmord einer Politikerin erfunden. In der Richtigstellung steht, die beiden Brüder hätten unüberlegt, dilettantisch und willkürlich gehandelt. Der Selbstmord des Älteren habe nichts mit den Taten zu tun. Liebeskummer sei der Auslöser gewesen.
Kurz fragt sich Mirjam, woher die Richtigstellung das weiß. Und denkt an Achuras Stimme. An Achura, die beschreibt, wie sie das Video von sich auf dem Herbstfest gesehen hat. Wie dieses Video eine Achura zeigt, die sie nicht sein will.
Mirjam weiß noch, wie Achura so was schon mal sagt. In der Nacht von dem ersten Treffen. Als sie nebeneinanderliegen und sich umschlingen. Ganz eng. Weil Mirjam Achura nicht mehr loslassen will. Nie wieder. Weil Mirjam direkt weiß, das mit Achura ist für immer, wenn sie will. Gleich, als sie sich das erste Mal umarmen. Auf dem Marktplatz, auf dem Achura Paul gesehen haben will. Und sie immer sicherer wird. Mit

jedem Achura-Atem, der Mirjams Hals wärmt. Auch als Achura sagt: »Ich habe einen Fehler gemacht. Und ich will so eigentlich nicht sein. Ich habe dich angelogen.«
»Ich weiß«, sagt Mirjam schnell, damit Achura nicht weiter mit den Worten ringen muss.
»Paul hat sich bei mir gemeldet. Er ist ganz woanders. Er will sich mit mir treffen, nächste Woche.«
»Warum bist du trotzdem gekommen?«, flüstert Achura.
»Wegen dir«, sagt Mirjam und drückt Achura noch enger an sich. Spürt ihre weiche Haut, ihre Knochen, die etwas hervorstehen. Spürt, dass die Zeit mit Paul jetzt vorbei ist. Dass sie ihn noch einmal treffen und ihn ab da ignorieren wird.

Im Flugzeug blättert Mirjam unschlüssig durch die Sonderausgabe. Sie weiß nicht, was sie damit anfangen soll. Mit so viel Paul-Durchleuchtung. Denkt dann: Ich lese die ganze Ausgabe. Aber wenn ich lande, ist mir Paul egal. Für immer egal.

9

Es ist leise im Haus. Spes findet, zu leise. Seit die Haut nicht mehr schreit, nachdem sie keinen Hunger mehr hat auf Creme. Spes fährt sich mit der Hand über den Kopf. Der ist kahl. Ob da Haare kommen werden?

Der Großvater ist in der Bibliothek und liest etwas über die Römer oder die Griechen oder andere zusammengebrochene Kulturen. Spes hat keine Lust mitzulesen. Sitzt in ihrem Zimmer auf dem Boden. Der Teppich unter ihr ist weich. Das spürt sie auch durch die Wollstrumpfhose.
Die Knete liegt vor ihr und eine Unterlage. Spes will nicht kneten. Spes wird schon noch genug kneten müssen in den ganzen Therapien. Erbsen rollen und Schlangen formen und Figürchen, wenn sie besser geworden ist.
Im Spieleschrank ist der Wasserfarbkasten, weiß Spes. Den hat sie zum Geburtstag bekommen. Von einer Nachbarin, die nicht verstanden hat, dass Spes den nicht benutzen konnte. Spes steht auf und geht zum Schrank. Sie zieht den Kasten hervor. Der ist unbenutzt. Die Farben sind kein einziges Mal mit Wasser verrührt worden. Spes weiß, dass man eigentlich den Boden mit einem Plastiktuch schützen muss, dass man ein Glas mit Wasser braucht, in das man die Pinsel eintunken kann. Spes will keinen Pinsel. Der würde bestimmt eh durch die Finger flutschen. Das mit dem Greifen klappt noch nicht gut. Spes spukt in die rote Farbe. Und ins Orange. Mit dem Finger kreist sie über das Farbtöpfchen, löst dabei die Farbe. Noch einmal spucken, noch mehr rühren. Dann kommen Bläschen auf die Farbe. Spes nimmt ihren Finger hoch, schaut ihn an. Der ist schon ganz rot. Sie malt einen Strich auf ihre Handfläche, auf den Unterarm. Malt Flächen.

Mal in Rot, mal in Orange. Streift die Strumpfhose ab, schlüpft aus dem Oberteil. Hat nicht genug Spucke im Mund und nimmt deshalb die Gießkanne. Die steht auf der Fensterbank. Wacklig trägt sie sie zum Farbkasten, will Wasser einträufeln, doch die Kanne gleitet ihr aus den Händen. Eine Pfütze ergießt sich über Farbkasten und Teppich. Egal, denkt Spes.
Und rührt weiter, malt weiter. Bis sie überall wieder rot ist und orange und braun. Bis sie sich vor den Spiegel stellt, nur in Unterwäsche und Farbe auf der Haut und findet:
Jetzt bin ich wieder Spes.

NACHT

1

Das Flugzeug steht auf dem Rollfeld. Die Türen öffnen sich. Im Gang stehen schon alle ungeduldig. Mirjam sitzt noch und räumt langsam ihre Sachen zusammen. Sie nimmt ihr Handy, schaltet den Flugmodus aus und erhält eine Nachricht von Achura: Ich warte auf einer Bank in der Flughafenhalle.
Mirjam steht auf, zieht ihre Jacke an. Hier ist es kälter als vor dem Abflug. Die Sonne scheint gleißend über dem Rollfeld. Sie schultert ihren Rucksack und tritt in den Gang. Noch einmal dreht sie sich um und schaut, ob sie was vergessen hat. Die Sonderausgabe liegt auf dem Platz. Mirjam lässt sie liegen und steigt aus dem Flugzeug.

2

Ineinanderatmen. Lange. Vorsichtig mit den Händen über die Wange fahren. Für einen Moment denken: Diese Haut berühre ich das erste Mal. Mirjam saugt Achura ein und Achura Mirjam.

Langsam immer näher aneinanderkommen. Der Stoff der Kleidung als einzige Grenze. Wange an Wange drücken. Das ist so weich. Sich festklammern an den Schulterblättern der anderen. Herausatmen, was die andere erlebt hat. In der Zeit. Und denken:
Wieso war ich nicht dabei?
Augen geschlossen halten, solange es geht. Finger ineinander verschränken. Das Rauschen nicht hören in der Halle, nicht die Durchsagen. Nur da sein. Zusammen.

3

Spes liegt im Bett, ist wütend. Der Großvater hat ihr die Farbe in der Badewanne abgewaschen und Spes' Brüllen dabei ignoriert. Sie kann rot sein, so viel sie will. Das geht den Großvater gar nichts an, denkt sie. Im Bett unter der Decke. Mit sauberer Haut. Vielleicht klettere ich aus dem Bett und male mich noch mal an, denkt Spes. Da kann der Großvater sehen, was er davon hat, wenn er mich einfach abwäscht. Spes tastet ihre Stirn ab. Da sind Wutfalten. Die sind neu. Die sind gut, findet Spes. Die braucht man auch.

TAG

1

Licht fällt durch das Fenster. Paul ist müde. Wenn die Wunden in seiner Hand verkrusten wollen, kratzt Paul sie wieder auf. Irgendetwas muss doch weitergehen. Vielleicht muss er noch länger kratzen, also noch länger nachdenken, vielleicht kommt dann irgendwann eine Idee. Eine, die besser ist als Sitzenbleiben und Weiterkratzen.

2

Achura schläft noch. Mirjam windet sich vorsichtig aus ihren Armen. In der Wohnung ist Chaos. Überall fliegen Fotos von Achura herum. Liegen ausgeräumte Ordner und Tagebücher. Mirjam küsst Achuras Stirn. Leicht, damit Achura nicht aufwacht.

Leise geht Mirjam durch das Schlafzimmer und sammelt die Bilder auf. Sie legt sie in einen Karton.

Das bist doch alles du, zum Glück, denkt sie und lächelt, als sie ein Foto betrachtet. Auf dem ist Achura vielleicht fünfzehn oder sechzehn. Auf dem trägt sie ein T-Shirt mit einem bunten Farbwirbel. Da bist du doch genau wie jetzt, findet Mirjam und schaut zu Achura. Ihre Lider zucken. Hoffentlich träumst du nicht schlecht, denkt Mirjam.

3

Der Großvater schwingt sich aufs Fahrrad und radelt in die Stadt. Das Aufsteigen geht nicht mehr, ohne die Zähne zusammenzubeißen. Unter dem Arm hält er den Supermarktprospekt. Darin sind Angebotsspielzeuge. Die will er für Spes kaufen.
»Die fördern deine Motorik«, sagt er und zeigt Spes die Bilder beim Frühstück.
»Will ich nicht haben«, sagt Spes und beobachtet durch ihr Fenster, wie der Großvater sich aufs Fahrrad hievt und sie trotzdem kaufen will. Durch das bodentiefe Fenster betrachtet Spes den Regen. Der prasselt seit Stunden. Weicht die Wiese auf. Vielleicht sind Regenwürmer auf der Wiese, überlegt Spes. Vielleicht fliehen die vor den Wassermassen, die ihre Gänge fluten. Die Äste der Bäume beben in den Böen. Die ersten hellgrünen Blätter klammern sich daran fest. Die Blumen, die sich schon aus der Erde gewagt haben, wiegen sich im Wind.
Spes beobachtet, wie die Tropfen an der Scheibe zerschellen, als kleine Kugeln herunterrollen. In Spes'

Zimmer ist es warm. Sie steht auf. Das Fenster kann sie nicht öffnen. Der Großvater hat eine Kindersicherung eingebaut. Spes tapst durchs Haus, zur Terrassentür. Die lässt sich mit viel Kraft öffnen. Unsicher schleicht Spes über die gepflasterte Terrasse. Vorbei an den Gartenstühlen. Die schlummern unter Plastiksäcken. Sie müssen nicht mehr allzu lang auf den Sommer warten. Der Regen prasselt aufs Spes' Kopf, rinnt an ihrem Gesicht herunter, am Nacken entlang. Findet den Weg in ihr Oberteil, fließt den Rücken herunter. Das Wasser frisst sich durch die Socken. Die Füße sind nass. Spes geht weiter. Einmal ums Haus. Bis sie zu ihrem Fenster kommt. Sie setzt sich nah an die Scheibe. Auf die aufgeweichte Wiese und schaut hinein. Drinnen ist das Licht an. Von außen kommt ihr das Zimmer klein vor und eng. Es ist vollgestellt mit Möbeln. Das Pflegebett wirkt massiv. Vielleicht kommt das ja bald weg. Wird ausgetauscht gegen ein normales.
Der Boden unter Spes' Körper ist breiig. Die Wiese ist Schlamm. Der klammert sich an Spes' Kleidung und macht Flecken. Spes legt die Hände auf die Grashalme. Die geben nach unter dem Druck. Sie kitzeln ein bisschen. Kühlen die Haut. Spes macht die Augen zu. Wundert sich, weil sie sich das Grashalmgefühl anders vorgestellt hat. Nicht so schön.
Sie öffnet die Augen wieder. Bildet eine Faust, umklammert das Gras. Zieht. Reißt ein Büschel Grün samt Wurzeln heraus. Einen Moment schaut sie es an, wirft es dann hinter sich, legt ihre Hand in die freigewor-

dene Kuhle. Die ist kalt, feucht. Regen sammelt sich dort. Eine Pfütze entsteht. Im Schlamm fühlt sich Spes' Hand leicht an. Als wäre sie nicht schwerer als fünf Regenwürmer. Spes ertastet den Schlamm sorgfältig. Mag, wie er nachgibt, mag, wie er sich an die Haut schmiegt. Die Haut mag den Schlamm auch. Die Haut kann Spes beschreiben, wie der Schlamm ist. Spes braucht nicht hinsehen, braucht keine Worte zu finden. Die Haut sagt ihr alles, was sie wissen muss. Die neue Haut kriegt alles ziemlich genau mit.

4

Paul weiß nicht, was er sich vorstellen soll. Ob er die Worte *als nächstes, danach, ab jetzt* und *in Zukunft* vergessen soll. Er braucht sie nicht mehr, glaubt er. Weil einfach nichts mehr kommt, schießt es von den offenen Händen zum Kopf. Nicht einmal eine lächerliche Vision. Paul stellt sich vor, er hätte wirklich einen Hund. Der würde kommen und über sein Gesicht lecken. Der würde sich neben Paul setzen. So machen Hunde das, oder nicht?
Paul hört auf zu denken. Spürt Licht auf den Lidern. Draußen ist Tag.

5

Mirjam räumt die Zeitungsartikel in eine Papierkiste und stellt sie an die Tür. Dann kann sie sie gleich runterbringen in den Keller. Aus dem Wohnzimmer plätschert Musik. Die klingt fröhlich. Sie kommt aus dem Land mit der Explosion. Achura sitzt in Gemütlichkeitskleidung in Bergen aus Dokumenten, Fotos. Sie bildet Stapel. Sortiert, was wegkommt und was nicht. Auf dem Müllstapel sind die Bilder aus der Zeit in der Partei, die Fotos, auf denen Achura Urkunden hochhält. Fürs Schwimmen, fürs drittbeste Abitur, für die beste Masterarbeit. Bilder, auf denen Achura schwarze Hosen und Blazer trägt und die Locken zurückgebunden hat. Der Stapel mit den Sachen zum Behalten ist kleiner. Da sind Fotos von der Mutter. Ein ganz altes. Und eins von ihrem Vater. Als Jugendlicher vor einem Haus in seiner Heimatstadt. Da sind das Einschulungsbild und die Selfies aus der Zeit als Jugendliche. Da sind eine Selbstporträtzeichnung und die Tagebücher. Die führt Achura, bis sie ungefähr fünfundzwanzig ist. Da ist das erste gemeinsame Foto von Mirjam und Achura, da sind Urlaubsbilder und das Schwarz-Weiß-Bild, das wegen zu schnellen Fahrens aufgenommen wurde. Das findet Mirjam witzig, weil Achura so erschrocken guckt.
»Was möchtest du mit dem Video machen?«, fragt Mirjam vorsichtig. Setzt sich im Schneidersitz neben Achura. Legt ihre Hand auf Achuras Bein.

»Löschen«, sagt sie schnell und dann nach kurzem Überlegen: »Nein. Keine Ahnung. Das wird verschwinden, wenn sich mein E-Mail-Account von der Partei auflöst, oder nicht?«
»Bist du dir sicher, dass du …«
»Ich habe mein Rücktrittsgesuch abgeschickt.«
»Du warst gerne in der Politik.«
»Ja. War ich«, wimmelt Achura Mirjam ab. Fragt dann leise: »Willst du mich nicht fragen, was als Nächstes kommt?«
Mirjam schaut Achura an. Streift mit den Augen über ihr Gesicht, über die Haare. Die sind lockig. Im matten Licht mehr schwarz als braun. Mirjam schüttelt den Kopf. Zieht Achura an sich heran. Auf die Beine. Es ist Zeit, ein bisschen zu tanzen, oder nicht?

6

Spes schleicht sich wieder ins Haus. Sie schämt sich ein wenig, dass sie Schlammspuren hinterlässt. Auf der Terrasse, im Wohnzimmer, im Flur auf dem Weg zum Bad. Spes klettert auf das Bänkchen vor dem Waschbecken. Dreht den Wasserhahn auf. Lässt warmes Wasser über die Finger laufen. Der Schlamm gleitet über das Porzellan ins Abflussrohr. Spes' Hände werden frei. Sie schaut sie an. So schlecht sehen sie gar nicht aus, findet sie. Auch wenn sie nicht mehr rot sind. Die

Flecken haben etwas Eigenwilliges. Solche Flecken hat niemand. Spes streichelt ihr Gesicht mit der Hand. Haut auf Haut. Das ist schöner als Verband auf Verband. Im Spiegel über dem Waschbecken guckt Spes sich an. Ihr Gesicht ist auch fleckig. Über den Augen besonders. Da werden bestimmt keine Augenbrauen wachsen. Ob Spes überhaupt Haare bekommen wird, ist nicht ganz klar. Spes findet das nicht schlimm. Wer Flecken hat, braucht nicht unbedingt Haare.

Spes überlegt, wie lange es dauern wird, bis ihre Haut so stabil ist, dass sie sie anmalen darf. Bis sie einen Stift nehmen und da, wo die meisten Menschen Augenbrauen haben, Schmetterlingsfühler hinzeichnen kann.

Ein bisschen Schmetterling bleibe ich einfach, denkt Spes.

Dieser Roman wurde gefördert im Rahmen des Stipendien-
programms der VG WORT in NEUSTART KULTUR
der Beauftragten der Bundesregierung für Kultur und Medien.

VG WORT

Die Beauftragte der Bundesregierung
für Kultur und Medien

NEU
START
KULTUR

FSC
www.fsc.org
MIX
Papier aus ver-
antwortungsvollen
Quellen
FSC® C014496

Umschlaggestaltung: Laura J Gerlach
unter Verwendung eines Motivs von istockphoto.com/
Jannick Tessier
Herstellung: Laura J Gerlach
Satz: psb, Berlin
Druck und Bindung: GGP Media GmbH, Pößneck
Printed in Germany
ISBN 978-3-627-00300-5